クマのあたりまえ

魚住直子

ポプラ文庫ピュアフル

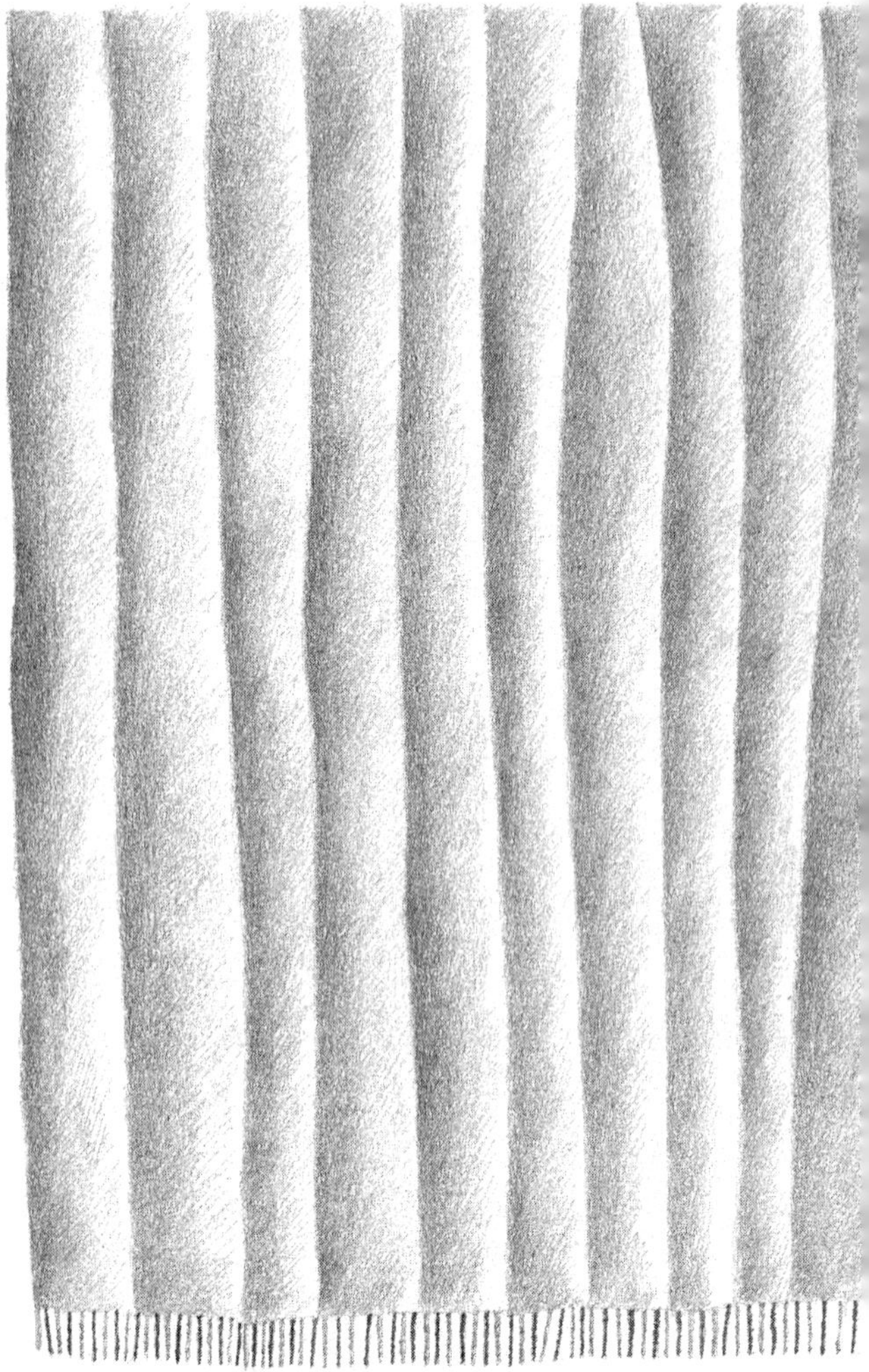

もくじ

装丁　わたなべひろこ
装画　植田真

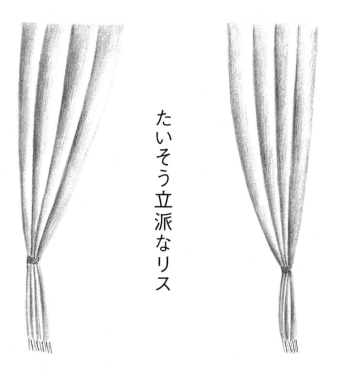

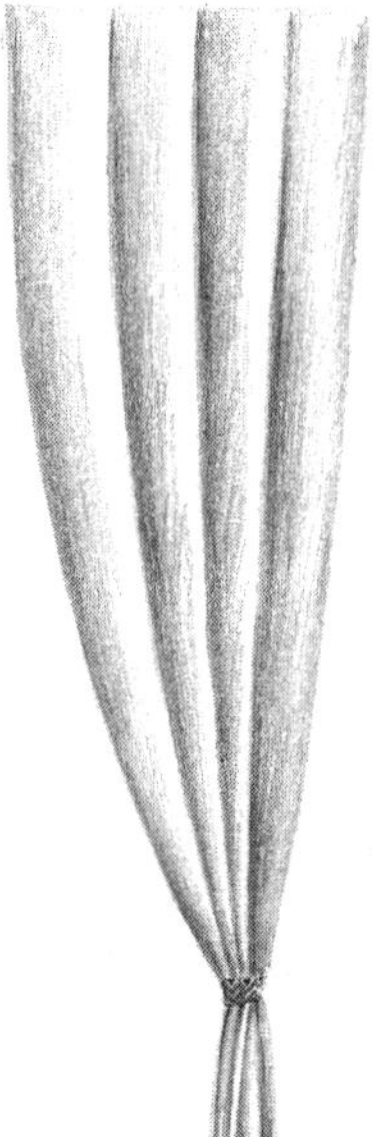

たいそう立派なリス

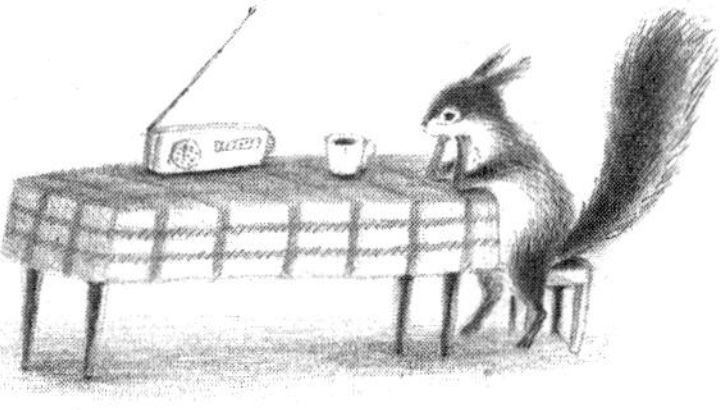

リスが朝起きてラジオのスイッチを入れると、ラジオ電話相談室をやっていた。

相談に答えるのは、たいそう立派なことで有名なリスだ。

電話をかけてきた相談者のリスが言った。

「ぼくは今とても不幸なんです。毎日つらくてたまりません。どうしたらいいでしょうか」

すると、たいそう立派なリスが咳ばらいをして答えた。

「きみよりつらいリスは、この世の中にたくさんいるんだよ。それでもみんな、いっしょうけんめい、がんばっている。実はきみは幸せなんじゃないかな」

「なるほど。そうですよねえ」

アナウンサーのリスも感心したように言った。

「たしかに、もっとつらいリスはいるよ。きみもがんばってね」

リスはラジオを切り、台所に行った。

ガスで湯をわかし、熱いお茶を淹《い》れてから、砂糖つぼをのぞく。

からっぽだ。そうだ、とリスは思い出す。お金がないから砂糖が買えないのだ。

しかたなく砂糖なしのお茶を飲むことにして、戸棚から古いパンをとりだした。

かたいパンをナイフで切りながらふと思った。

どうしてもっとつらいリスがいたら、自分が幸せなんだろう?

ぼくなら、もっとつらいリスがいると、いっしょにつらくなる。

反対に、もっと幸せなリスがいたら、幸せでよかったね、と思うだろう。

そうだ、たいそう立派なリスはまちがっているぞ。

リスは椅子から立ちあがり、ラジオ局に電話をして、自分の意見を言った。

「はいはい」

電話に出てきたリスは、いかにもめんどうくさそうだった。

「ちゃんと聞いていますか」

「聞いていますよ。ほかのリスが幸せなら、あなたは幸せだし、ほかのリスが不幸なら、あなたは不幸なんでしょう。ご立派なことだ。貴重なご意見ありがとうございました」

そういって電話は切れた。

リスはむかっとしたが、またお湯をわかし、たらいにお湯を入れて、ベッドのシーツを洗いはじめた。

ぼくは不幸せなリスを見たら、つらくなるし、幸せなリスを見たら、幸せな気分になる。それが正しいリスのありかただ。

自分よりも不幸なものを見てがんばるなんて、なんて下品な心だろう。

シーツを力いっぱいにしぼり、ベランダに運んだ。

手すりにシーツをひろげてほすと、ベランダのすみにクルミが落ちていることに気がついた。

アパートの前には立ち入り禁止の森がある。そこのクルミの木から、うれた実が落ちてきたらしい。

数えると五つ。

うれしくなったリスはいそいでひろった。

ふと、右どなりの部屋のベランダを見ると、もっとたくさん落ちているのが見えた。数えると、なんと十個も落ちている。

いいなあ。あんなに落ちてきたのか。

それなら、左どなりのベランダはどうだろう。

すると、一つだけ。
そうか、それなら自分はまだましだ。
そう思った瞬間、リスははっとした。
しまった。これじゃ、ラジオ電話相談室の話と同じじゃないか。
リスははずかしくてたまらなくなり、五つのクルミを持って部屋を飛び出した。
いそいで左どなりの部屋のドアをノックする。
何度もノックすると、やっと左どなりのリスがでてきた。
「おはよう。きみはずいぶん朝が早いねえ」
左どなりのリスは眠そうに目をこする。
「とつぜんだけど、きみにこのクルミをあげるよ」
えっ、と、左どなりのリスはおどろいた。

「ありがとう。クルミをたくさん手に入れたの？」

「いや、これは、ぼくの持っているすべてのクルミだ」

「じゃあ、全部もらうのは悪いよ。それとも、きみはクルミが嫌いなの」

「大好きだよ」

「じゃあ、ますます悪い。とにかく寒いから、ちょっと部屋に入ってよ」

リスは、左どなりのリスの部屋に入った。

「きみはベランダを見たかい」

「見てないよ。今起きたところだもの」

左どなりのリスはそう言いながらベランダをのぞきこむ。

「おや、クルミが一つ、落ちてるぞ。アパートの前のクルミの木から降ってきたんだな」

左どなりのリスはクルミを一つひろって部屋にもどってきた。

「実をいうと、ぼくのベランダには五つ、落ちてたんだ」

「そうか。こっちが少なかったから、くれるって言うんだね」

「うん」

「だったら二つもらえるかな？　そしたら、ぼくもきみも三つずつになるじゃないか」

「そうか。そうだね」

でも、リスは全部あげようとはりきっていたので、拍子ぬけした気分だった。

それに、クルミがもどってきたからよかったと思うと、それもちがう。最初は五つ食べられると思ったから、三つというのはちょっと食べがいがない。

リスは思いついた。

「あのさ、六つのクルミを全部使って、クルミのケーキを焼くというのはどうだろう」

「それはいいねえ」

左どなりのリスも賛成した。でもリスは重大なことに気がついた。

「でも、ぼく、砂糖が切れているんだ」

「だいじょうぶ。ぼくは砂糖をたっぷり持ってるよ。バターもね」

そこで二人ですぐにケーキを作りはじめた。生地をまぜて、クルミをたっぷりと入れた。

オーブンに入れてケーキが焼けるのを待っていると、ノックの音がした。

ドアをあけると、そこに立っていたのは、右どなりのリスだった。

「いいにおいがするね」

右どなりのリスは鼻をひくひくさせた。

「今、ぼくたちの持っているクルミを全部合わせて、クルミのケーキを焼いているんだよ」

左どなりのリスが教えると、右どなりのリスは顔をかがやかせた。

「クルミならぼくも持ってるよ。ほら見て。これ、ぼくの部屋のベランダに落ちていたクルミ」

そう言って右どなりのリスは手に持っていた袋をひらいて見せた。

「へえ、きみのベランダには八つも落ちてたのか」

左どなりのリスがそう言ったのを聞いて、リスもいそいで袋をのぞいた。クルミはたしかに八つだ。

「ぼくのクルミもケーキにしてくれないかな。できあがったケーキはもちろん三匹でわけていいから」

「よし、じゃあ、もう一つ、大きなケーキを焼こう」

やがてケーキが二つ、焼きあがった。

まずは熱々のケーキをたらふく食べ、それから残りは三等分にして紙につつんだ。

「これでしばらくクルミケーキを楽しめるね」

三匹は顔を見合わせて笑った。

「じゃあ、またね」

リスと右どなりのリスはケーキのつつみをかかえて、左どなりのリスの部屋を出た。

右どなりのリスが自分の部屋に入っていくのを、リスはよびとめた。

「ねえ、きみ」

「なんだい」

「いや、なんでもない」

リスはいそいでごまかし、自分の部屋に入った。

ぼくは立派なリスじゃないな。
リスはしみじみ思った。
それでも、クルミは十個落ちていただろ？　と言わなくてよかった、とほっとした。

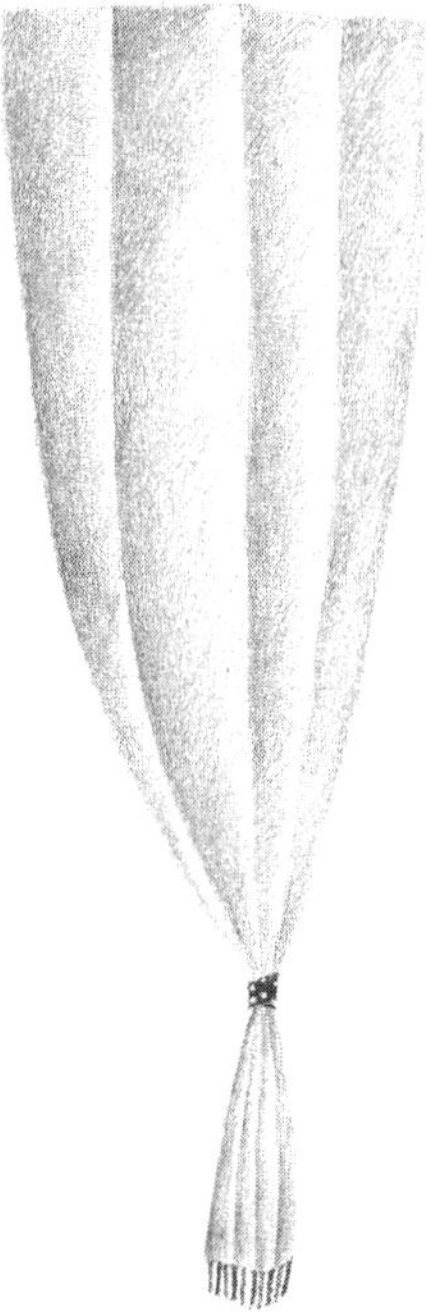

べっぴんさん

わたしは、べっぴんさんのチドリです。

だれよりも大きく黒い目、なめらかでかたちのよいクチバシ、上品な曇り空のような羽色。そして、若枝のようにしなる、ほそい足。

小さなころから、べっぴんさん、べっぴんさんと、うるさいくらい言われつづけてきました。

ひとりでいると、ほかのチドリから声をかけられます。

「おはよう。きょうもべっぴんさんね」

あたりまえです。

と、思いながら「おはよう」と返します。

「そろそろ、さむくなってきたわね。べっぴんさん、どうするの」

相手はなぜか笑いをこらえたようにたずねます。

そういうとき、わたしは返事をしません。

また、べつのチドリもやってきて言います。
「べっぴんさん、なかよくしないかい」
わたしは自分にふさわしい相手かどうか、だまってじっと見つめます。
相手は思い出したように言います。
「ああ、でも、むりだね。べっぴんさんは、ここにのこるのだからね」
いっさい、わたしは気にいたしません。
潮だまりに、じぶんのすがたをうつします。
なんてきれいなんでしょう。われながら、ほれぼれします。
そのうえ、海は青みがかった灰色。
風がふくと、白い波と青灰色《せいかいしょく》の海の、だんだらもよう。
うつくしい景色にたたずむ、べっぴんさんのチドリ。
わたしのこころは満ちたりて、波がない海のようにぴったりとどこまでも平らです。

しばらくして、すずしい風がわたしの羽をゆらしました。

耳につくのは波の音。

いつのまにか、ほかのチドリたちを見なくなりました。

朝夕がすずしくなったのは、もうずいぶん前のことです。

このごろは、おひさまが頭のうえにあるときも、ひんやりとした風がふくようになりました。

ああ、そうだわと、思いました。

みんな、行ってしまったのでしょう。

ある日、カニに会いました。

わたしはカニもいただきます。

けれど、いただくには大きすぎるカニでした。それがわかっているのでしょう、カニはかくれもしないで、ずうずうしく近づいてきました。

「あんたは南へは行かないのか」

わたしは聞こえないふりをしました。

「あんたが冬をこすには、ここは寒すぎるよ」

わたしはカニを見おろし、言ってやりました。

「あなたがもうすこし小さかったら、食べていたわ」


べつの日、トンビがわたしの上をぐるぐる回っていました。

ひどくおなかがすいているのでしょう。しつこく回ります。

わたしは、ちょん、ちょん、とびはね、いそいでにげました。
岩かげにとびこんだちょうどそのとき、トンビは風をきって、おりてきました。
岩にぶつかりそうになり、あわててまた空へとあがっていきます。
わたしは、どきどきしながら、岩かげにじっとしていました。
へいき？　と、じぶんで聞きました。
へいきよ、と、じぶんで答えました。

さらにつめたい風がふくようになりました。
海の灰色も、濃くなっていきます。
一羽のチドリが、どこからかやってきました。
わたしよりもからだが大きいのに、足は短く、目も小さい、ぶかっこうなチドリです。

　ぶかっこうなチドリは、浜辺におりると、わたしのところにやってきました。

「あなたは、ひとりですか」

「ええ」

「ほかのチドリたちは、どうしたのですか」

「南へ行ったのでしょうね」

「あなたは行かないのですか」

　わたしは返事をしませんでした。

　ぶかっこうなチドリはしばらく、そばをちょんちょん歩いていましたが、ついっと、とんでいきました。

次の日もまた、ぶかっこうなチドリはやってきました。

散歩をしているわたしのそばで、食べものをさがしながら言いました。

「ひとりは、さびしいでしょう?」

わたしは、たからかに笑いました。

「ちっともさびしくなんかありません」

ぶかっこうなチドリは、まぶしいものを見るように、わたしを見つめました。やっと、わたしのうつくしさに気がついたのかもしれません。

ぶかっこうなチドリはなにか考えこむようにうつむいて、それから離れていきましたが、少しするともどってきました。

「ぼくたちは、草原に立つ一本の大木じゃありません」

「どういう意味かしら」

わたしは注意深く、たずねました。

ぶかっこうなチドリは、小さな黒い目で、まっすぐにわたしを見つめました。

「仲間が必要だということです」

あくる日、ぶかっこうなチドリがまた来るだろうかと、わたしはそわそわしていました。

でも、やってきませんでした。

もしかしたら、南へ行ってしまったのかもしれません。

でも、こういうことは、きちんとたしかめておいたほうがよいことですから、ぶかっこうなチドリのねぐらのあるほうへ歩いていきました。

ぶかっこうなチドリは、砂浜にはえた短い草にかくれるようにうずくまっていました。

わたしを見ると、はずかしそうに顔をあげました。

「ちょっと、けがをしましてね」

そういうと、羽でそっと足をおさえました。

わたしはすぐ、波打ちぎわへ行って、小さな貝とやわらかなミミズをつかまえ、ぶかっこうなチドリのところへ持っていきました。

ぶかっこうなチドリはだまって、わたしを見あげました。それから、とてもおいしそうにゆっくりと食べました。

そうした日が三日、つづきました。


ぶかっこうなチドリが、やってきました。すっかり元気になったようです。

「ぼくもあした、南にむかって、たちます」

ぶかっこうなチドリは思いきったように言いました。

「あなたも一緒に行きませんか。そして、次の春、一緒にあかんぼうをそだてませんか」

わたしは、だまりこみました。
ぶかっこうなチドリは、がっかりしたようでした。
わたしはだまったまま、じぶんのうちのほうへ歩いていきました。
息をすいました。
でも、あさくしか、できません。
無理にすうと、胸がいたいのです。

次の日、わたしは長い時間をかけて、崖の上までのぼりました。
ぶかっこうなチドリが、たつのを見ようと思ったのです。
よくはれていて、水平線がくっきりとしていました。

水平線の上には、はてしない空がひろがっています。

わたしが、一度もとんだことのない空。

おさないとき、わたしは兄弟と一緒に、とびたつ練習をしました。

でも、こわくてたまりませんでした。

落ちてしまう！

そう思うと、羽もからだも、ちぢこまり、ふるえます。

そして想像したとおり、なんどやっても落ちました。

臆病者、と言われました。

鳥にうまれた意味がないね、と笑われました。

でも、わたしは地面にうずくまりながら思ったのです。

わたしはうつくしく、立派すぎるから、とべないのです。兄弟たちは、わたしのようにうつくしくないから、あんなにむぞうさにとべるのでしょう。

そのとき、だれかが頭の上でわたしをよびました。

見あげると、ぶかっこうなチドリが、わたしの上をとんでいました。なんども、輪をえがくようにとび、それからなごりおしそうに言いました。

「さようなら」

思わず、わたしは崖からとびたちました。

とたん、落ちていきました。

やっぱり、わたしの羽は役立たず。

青灰色の海が、ぐんぐん近づきます。

目をつよくつぶりました。

わたしのからだはもうじき、つめたい海の底に横たわるのでしょう。

しかたのないこと、いいのです。

いずれにせよ、こうなる運命でした。早いか、遅いかのちがいです。

そのとき、なにかが、落ちていくからだを下からおしとどめました。

目をあけると、ぶかっこうなチドリが、わたしのからだをすくいあげるようにささえていました。

重さにたえながら、あえぎながら、言います。

「ひろげて、もっと羽をひろげて！」

けれど、わたしはこれでも精一杯、ひろげているのです。

「もっと！　もっとだ！」

ぶかっこうなチドリの言葉は熱いかたまりになって、わたしにぶつかりました。

わたしは必死で、はばたきました。

「ちがう。風にのるんだ」

ぶかっこうなチドリは苦しそうです。

「ああ、早く、もっと力をぬいて。なにをこわがっているの。こわいものなんて、なにもないのに」

本当でしょうか。

本当に、こわいものなんて、ないですか。

わたしはもう一度目をつぶりました。

風はどちらからふいているのでしょう。

つめたい空気のかたまりを感じると、小さくかたくかためていたものを、ひろげました。

とたん、風がわたしのからだをおしあげていきます。

ああ、とべる！

おどろいて、ぶかっこうなチドリを見ました。

彼は、ほほ笑みました。

「さあ、いそごう」

「はい、まいりましょう」

海面に二羽のチドリのすがたが、うつっていました。

よく見ると、わたしはそれほど、べっぴんではありませんでした。

わたしは、ほっとしました。

それから、つめたく気持ちのよい風にのって、ぐんぐんあがっていきました。

ショートカット

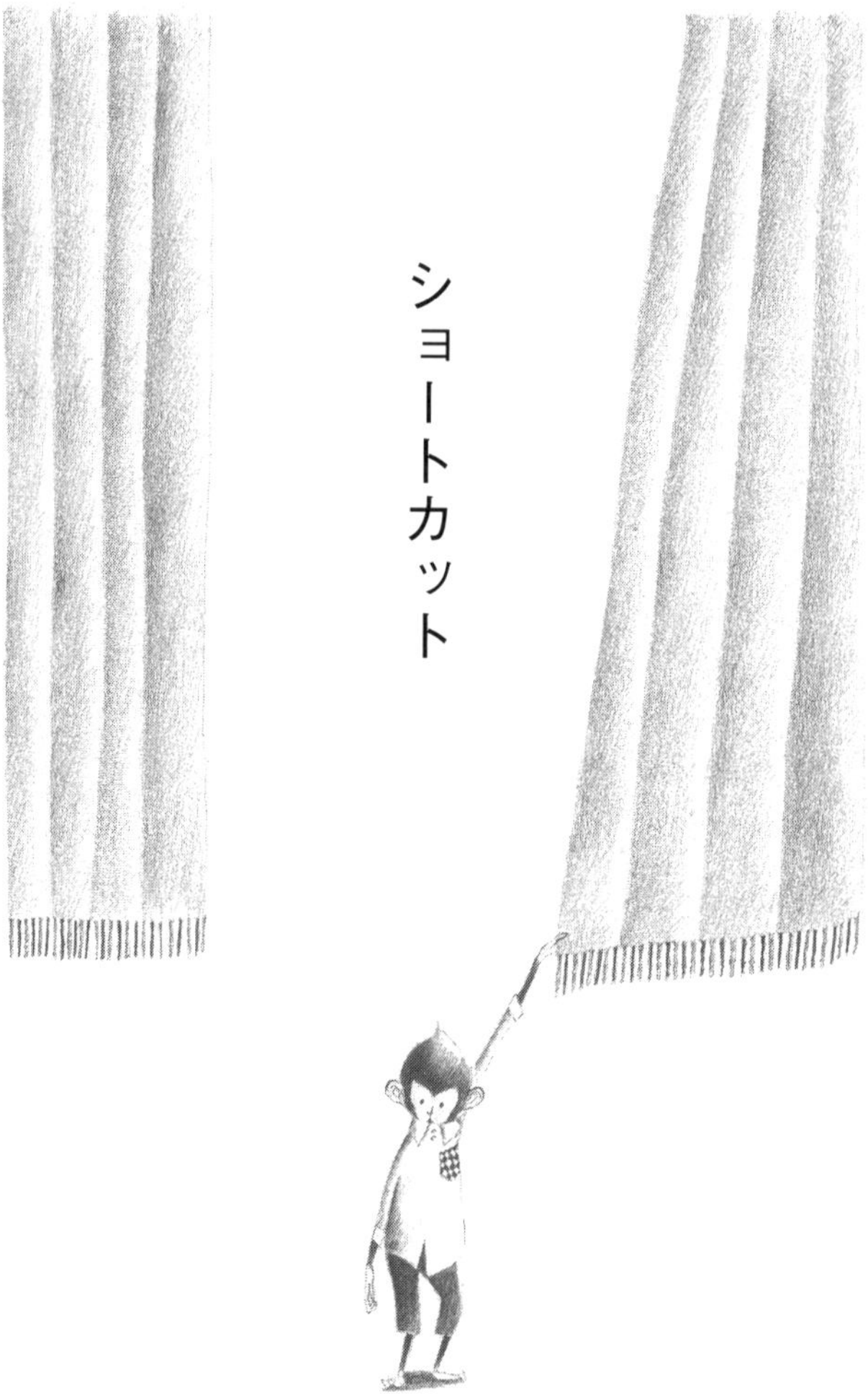

ここなら当分、見つからないだろう。

ぼくは、ビルとビルのすきまににげこんで、ほっとした。

ああ、つかれた。毛づくろいをしたら、ぱらぱらとぬけた。

おなかもへった。少しまえに食べたパンの味を思い出す。にんげんの子どもがもっていたパンをうばったんだ。たまご味のやわらかいパンだった。

「サルだ！」

「どうしてこんなところにいるんだ？」

「山からおりてきたんだ。早く、つかまえろ！」

もっとゆっくり食べたかったけど、パンを口におしこんでにげた。

道路から塀のうえ、それから屋根、また道路。とびうつって、走って、とびうつる。にげてもにげても、また別のにんげんが、おいかけてくる。

でも、しかたがなかった。ぼくは、にんげんが大勢いる「ふもとのまち」

にむかっていたから。

カラスから聞いたのは、「ふもとのまち」の「すな、くけせらせら」で、おまえのかあちゃんを見たということだった。「ふもとのまち」にさえ行けば、すぐにかあちゃんに会えると思っていた。

でも、ほんとに来てみると、「すな、くけせらせら」がどこにあるのか、全然、わからない。


くたびれて、ちょっとねちゃったらしい。見あげると、ビルとビルの間のせまい空が暗くなっていた。おなかが、くるるっ、となる。

はっさくのにおいがした。ぼくは、はっさくが大好きだ。パンよりもっと好きだ。

どこから、においがするんだろう。

ビルのすきまから顔だけ出した。

むかいにはシャッターのおりた店がある。そのまえに机がおかれて、黒っぽいコートを着たずんぐりとしたおじさんが、すわっている。机にはランプがひとつと「うらない」とかかれたふだが、おいてある。そのおじさんが、ひざの上ではっさくをむいているのだ。

ああ、食べたい。がまんできなくて、つい出てしまった。すぐにおじさんが顔をあげた。

見られた。ぼくがあわててにげようとすると、おじさんは、しずかな声で言った。

「はっさく、あげるよ」

おそるおそる近づいた。おじさんはだまったまま外の皮をむいたはっさくを半分くれた。ぼくは夢中で食べた。すっぱくて甘い。このおじさんは、悪いひとじゃなさそうだ。ぼくはほっとした。

「うらないとは、なにですか」

「まよっているにんげんに、うそ話をするんだ。それでお金をかせいでいるんだよ」

「うそ話をきいて、にんげんはお金をはらいますか」

「はらうよ」

「にんげんは、ばかですか」

「わりとばかだね」

あたりまえのように、おじさんはうなずいた。そんなばかなにんげんに、どうしてかあちゃんは、なりたかったんだろう。

「ぼうやの話し方は独特だね。どこでならったんだい」

「本を読みました」

「ほう」

おじさんは、目をほそめた。

そのとき、はっとした。もしかしたらこのおじさん、知ってるかもしれない。

「おじさん、すな、くけせらせらを知っていますか」

「スナ、クケセラセラ？」

おじさんは首をかしげた。

「もしかしてスナック・ケセラセラのことかな」

「知っていますか！　つれていってください。かあちゃんがいます！」

ぼくは、もう走りだそうとしていた。

「ぼうやのかあちゃんが？」

おじさんがおどろいた。

「そうです、ぼくのかあちゃんがいます」

「わかった。案内しよう」

おじさんは立ちあがり、ランプのねじをまわして火を消した。

車が通る道路に出た。ひともたくさん歩いている。ドキドキしたけど、おじさんが着ているコートをひろげて、ぼくをかくしてくれた。ぼくはかくれながら、二本足で歩いた。かあちゃんのように練習をしたから、いくらでも二本足で歩けるのだ。

ひろい道をわたり、また、ほそい道に入った。

「ここだよ」

小さくて古いビルだ。

一階のドアの前に四角い白い電気が出ていて、「スナック♪ケセラセラ」と書いてある。ドアはしまっていて、中から歌声が聞こえてくる。

「かあちゃんに会えるといいな」

おじさんは、もとの道をもどっていった。

どこから入ろうか。ぼくは見まわした。となりの建物とのすきまに入ってみると、窓があいていた。

背のびをしてのぞくと、そこは台所の流し台だった。ぼくは窓枠にのぼり、流し台の中に入り、床におりた。

奥にすすんで角をまがると、別の部屋に出た。だいだい色の明かりがついているけど、うす暗い。なんにんもにんげんがいる。ぼくはいそいで棚の上にとびのった。歌がうるさくてうす暗いせいか、だれも気がつかなかった。

棚から見おろすと、テーブルは四つあった。どのテーブルにもにんげんがいて、のんだり、しゃべったりしている。甘いような、にがいようなにおいでいっぱいだ。でもその中に、たしかにかあちゃんのにおいもする。

どこにいるんだろう？

いちばん奥のテーブルに男のひとと女のひとがひとりずつすわり、顔を近づけてしゃべっている。

かあちゃんだ！　眉毛をかいて、口紅をぬり、にんげんふうのお化粧をしているけど、たしかにかあちゃんだ。

かあちゃんが立ちあがった。背中をのばして、こっちにやってくる。

ぼくはかあちゃんにとびつきたかった。でも、そんなことをしたら大騒ぎになる。かあちゃんのからだの毛はさらにぬけて、にんげんと同じようにつるつるになっていた。

かあちゃんはずっと、にんげんにあこがれていた。ため息ばかりついていた。

「わたしにはサル社会がつらいの」

ため息をついては、山からふもとのまちを見おろした。

「わたしにはほかのサルとはちがうなにかがあるはずだわ」

たしかにかあちゃんは、みんなとちがった。数を数えることができた。にんげんが落としていった本を読むこともできた。

かあちゃんは二本足で歩く練習もした。背中とひざをのばして歩いていると、むれのみんなに「にんげんみたいだ」と言って、キーキー、はやしたてられた。

そのうち、かあちゃんの頭の毛がのびてきた。みんなは「にんげんのまねなんかするから、そういうことになるんだ」とさらに笑った。かあちゃんも「頭の毛はちょっとじゃまだわ」と言っていたけど、そんなことはおかまいなしに、どんどんのびた。

さらにたつと、かあちゃんのからだの毛がぬけてきた。みんな笑わなくなった。「そばによるな」と言い、かあちゃんに近づかなくなった。かあちゃんも、毛がうすくなったからだをはずかしそうに手でかくした。そしてある朝、山から消えたのだ。

今のかあちゃんは、赤い服を着ている。黒い靴もはいている。靴のかかとがとても長いので、背がたかく見える。

かあちゃんはすました顔でカウンターのグラスをとった。肩までのびた頭の毛は茶色くなっている。首には星みたいに光る首かざりをはめている。

「ルミちゃーん」

男のひとがよんだ、かあちゃんが「はーい」と返事をした。かあちゃんがテーブルにもどると、男のひとはまちくたびれたように、かあちゃんの手をとった。

「あんたとおれは、うまがあう」

「あたし、ウマじゃないわ」

かあちゃんがまじめな顔で言った。男のひとは、うはは、と笑った。

「あんたのそういうところが、またおもしろい」

かあちゃんも、うふふ、と笑った。

いきなり男のひとが、かあちゃんにだきついた。もうがまんできない。ぼくはかあちゃんのテーブルをめがけて、棚からとびおりた。

男のひとは、ぽかんと口をあけた。

「なんで、こんなところにサルがいるんだ？」

かあちゃんも、びっくりしてぼくを見つめた。近くで見ると、かあちゃんの鼻はたかくなっている。でも、まんまるい目は変わっていない。その目にみるみる、涙がうかんだ。

かあちゃんは、ぎゅっと、ぼくをだきしめた。とたん、男のひとがさけんだ。

「サルが、ルミちゃんにだきついた！」

逆だよ。かあちゃんは、ぼくをだっこしたまま、ざわつく部屋の中を走って入り口のドアをあけた。

「つかまっちゃうわ。早くにげて」

ぼくを下におろすと、入り口の棚のかごからリンゴを一つとり、ぼくにおしつけた。

「かあちゃんはもうにんげんなの。ごめんね」

ぼくは泣きそうになった。やっと会えたのに。

「ルミちゃん、だいじょうぶか」

さっきの男のひとの声が、かあちゃんのうしろからする。

「さっきのサルはどこだ？」

「なんのこと？　のみすぎじゃないの」

かあちゃんは笑いながらドアをすばやくしめた。

ぼくは、店の前にうずくまった。

ため息をついた。

かあちゃんに会えたうれしさより、あっけなさのほうが大きかった。でも、ちょっとだけでもかあちゃんに会えたんだ。山に帰らなきゃ。

だけど立ちあがる力が出なかった。山に帰っても、また笑われるだけだ。

ぼくはかあちゃんのまねをして本を読んだり、二本足で歩くから、いつも笑われている。歯をむきだして笑うみんなを見ていると、腹が立つよりへんな気分になる。

みんなの顔はよく似ている。ぼくの顔も、みんなとよく似ている。

でもそれなら、どうしてぼくはぼく、なんだろう。自分のことをぼくと、わざわざ思うんだろう。

もしかしたら、かあちゃんもこういうことを考えていたのかな。

ああ、猛烈にからだがかゆい。最近いつもだ。考えるとかゆくなる。かくと毛がぬける。

「おい、ぼうや」

いつのまにか、さっきのおじさんがカバンをもって立っていた。

「かあちゃんには会えたかい」

「少ししか会えませんでした」

「そうか」

おじさんは残念そうにうなずいた。

「おれは店じまいをして、うちに帰るところなんだ。ぼうやも朝になるまえに早く山にもどったほうがいい。ここはひとも車も多くて危ないぞ」

ぼくは力なく、頭をふった。

「じゃあ、どうするんだい」

心配そうにおじさんがいう。ぼくにもどうしたらいいのか、わからない。

おじさんはしばらくだまって、ぼくを見つめた。

「おれのアパートに来るかい」

「いいのですか」

「ちょっと、まってろ」

おじさんはどこかへ行き、少しして、袋をもってもどってきた。袋には、小さなシャツとズボンが入っていた。

「アパートはペット禁止なんだ。でも子どもは禁止じゃないからな」

おじさんに手伝ってもらって、シャツとズボンを着た。ぼくのからだにぴったりだ。

「まるで、にんげんのようです」

ちょっとはずかしい。おじさんは、あたりまえのようにうなずいた。

「ぼうやも、すぐにんげんになるさ」

おどろいた。

「本当ですか」

「にんげんだって、もとはけものだ。ぼうやはちょっと近道をして、にんげんになるだけの話だ」

ということは、ぼくも、かあちゃんと同じようににんげんになるのか？　うれしいような、こまったような、複雑な気分だ。

「でも、にんげんがふえてこまりませんか」

「あいつらは気がつきゃしないよ。ぼうやのかあちゃんみたいなのは、ほかにもいっぱいいいる」

「もしかして、おじさんもサルでしたか」

「まさか、ちがうよ」

おじさんは笑った。

「サルとはかぎらない」

シャツとズボンを着たぼくをふりかえるにんげんは、いなかった。ビルのガラスにうつったぼくの姿は、お昼にパンをとった小さな子どもに似ていた。

赤信号でまって、横断歩道をわたる。たくさんのにんげんが、いっせいに歩きだす。ぼくも精一杯、背中とひざをのばし、歩きはじめた。

アメンボリース

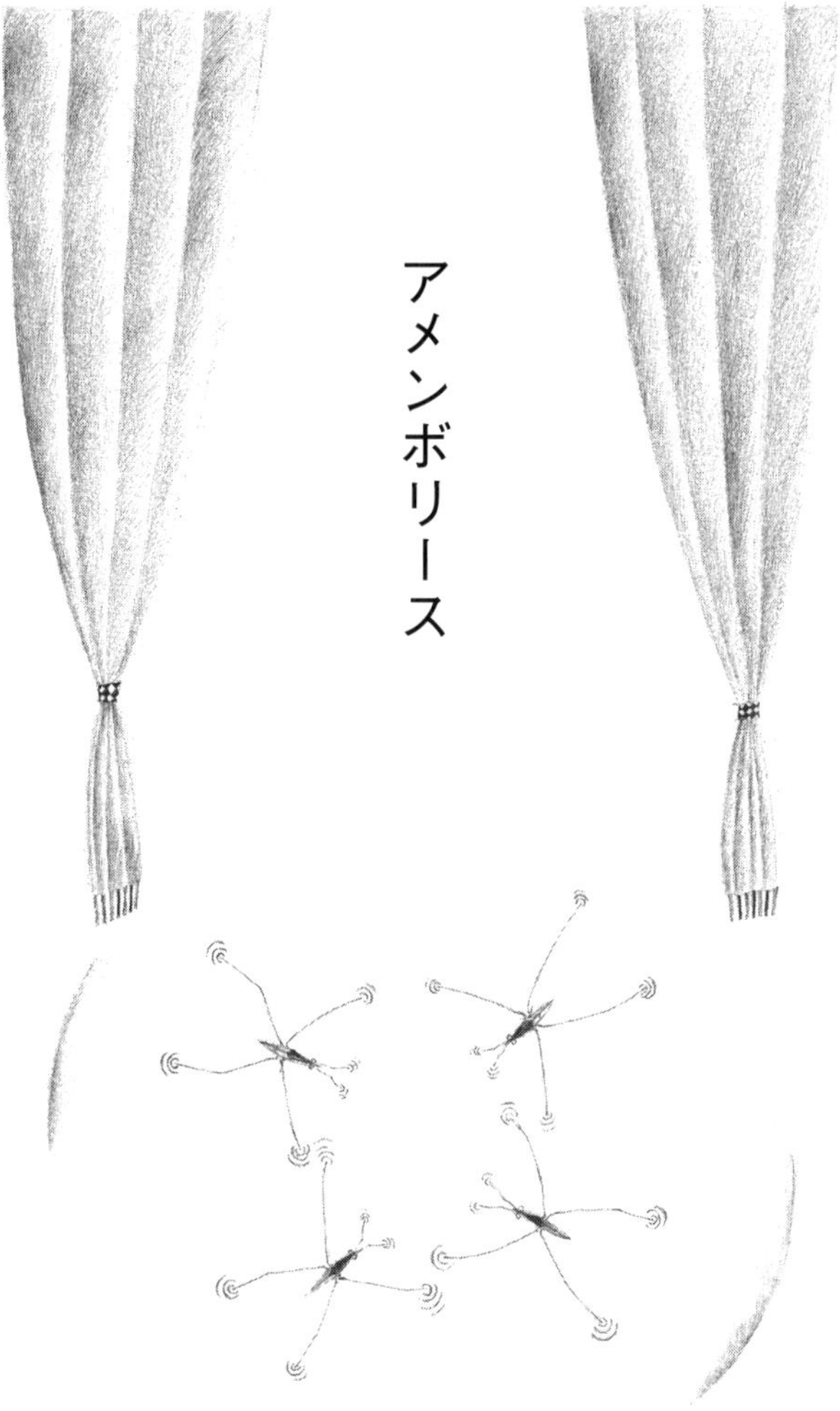

小道をはずれ、さとみはひとり、林の中に入っていった。スニーカーがやわらかな苔にうずもれそうになる。

しばらく行くと、木々の間が、ひかって見えた。

とても小さな池だ。大きな水たまりといってもいいくらい。おふとん一枚ほどの大きさで、木漏れ陽できらきらしている。まん中がややくびれて、ひょうたんのようなかたちをしている。

近づくと、水はすきとおり、底の石や水草がくっきりと見える。

沢があるのかしら。

さとみはあたりを見まわしたけれど、せせらぎは聞こえなかった。

そばにちょうどあった倒木にこしかけた。

だれもいない林は、心地よかった。

ひさしぶりにほっとして、ついあくびが出る。

まるで別の世界にきたみたい。

目をつぶると、鳥の声にまじり、つつつつという、かすかな音が聞こえた。のびたりつまったり、音が高くなったり低くなったり、まるで話し声のようだ。

目をあけて池を見た。

さっきは気がつかなかったアメンボが十匹近くいた。大きなものは十センチ、小さなものは五センチたらず。四本の長い足をつかい、あそぶように水面をすべっている。

つつつつという音は、アメンボ同士が近よっているときにかぎって聞こえる。

「もしかして、あなたたちがしゃべってるの？」

思わず口に出した。とたん、つつつつという音は、小さな話し声に変わった。

「こっちの話が聞こえたみたい」

「うそよ、だれ」

「にんげんらしいわ」

「にんげんに、わたしたちの声が聞こえるの？」

「聞こえるよ」

さとみは答えながら、びっくりしていた。アメンボが話せることにももちろん、アメンボとふつうに話す自分にも。

アメンボたちもおどろいている。わたしたちの話がわかるんだって。にんげんとしゃべるなんて、こんなことがあるのね。だいたい、にんげんってどういう生きものなのかしら。

「よかったら、なんでも聞いて。なんでも答えるわよ」

さとみはうれしくなった。

アメンボたちのつつつつという音がいっそう、つよくなる。なんでも聞いてだって。なにを聞けばいいの。なんでもって言われてもね、どうする？どうしよう？

あ、こまらせたら悪い。さとみは急いでつけたした。

「おしゃべりしたくないなら、それでもいいの。わたし、だまっているから」

「いいえ、とてもめずらしいことだから、聞くわ」

一匹のアメンボが言った。

「ここでなにをしているの？」

「ねむくて目をつぶっていたの」

「どうして、ねむいの？」

「夜、あまりねむれなかったからかな」

「どうして、ねむれなかったの？」

「ホテルの部屋が友達と一緒だったからだと思うわ。ゼミの合宿でここに来ているの。夕方のバスでもう帰るけど。それに、このごろ不安なこともあって、なかなかねつけなくて」

　こんなことをしゃべってもしかたがない。そう思ったのに、話しはじめるととまらなかった。

「わたし来年、卒業なの。でも社会でちゃんとやっていけるのかなって、よく不安になるの。そうなると、ねむれなくなっちゃう。まるで大きくて重い石が頭の上にあって、おしつぶされそうな感じというか」

「たいへん、たいへん」

　とつぜん、アメンボたちが、右に左に動きはじめた。

「ねむれないんだって。大きくて、重い石につぶされるんだって」

やがてアメンボたちは輪になった。

その輪のまん中あたりに水中からなにかが、ぷくんと、うきでた。

ピンポン玉ほどのたまだ。群青色をしている。

アメンボたちが長い足でつつくと、それはさとみの足元にながれてきた。

つまみあげてみると、しっとりとして冷たい。

「池のおもてよ」

「夜、すくいとったの」

「うすく、うすく、すくいとったの」

「それじゃあ、さよなら、さよなら」

アメンボたちはついついと池の向こうがわに行き、つきでた石のかげに入ってしまった。

バスに乗って町へ帰った。アパートの部屋は蒸し暑く、さとみは窓をあけ、風を入れながらベッドにこしかけた。

アメンボたちにもらった小さなたまを、バッグからとりだした。

よく見ると、一か所ささくれだったところがある。そっとひっぱると、毛糸玉のようにくるくるとほどけ、群青色のとてもうすい布が一枚、ひろがった。池と同じ、まん中が少しくびれたかたちだ。シルクのようにつるつるとして、そのくせ、シフォンのようにすけている。

さとみは、アメンボの言葉を思い出した。

「うすく、うすく、すくいとったの」

布をベッドにひろげてかけてみた。

そのうえにからだを横たえると、ひんやりとして気持ちよかった。

あの小さくてしずかな池にうかんでいる気がして、ほっとした。

アメンボたちのことを忘れたことは、それから一度もなかった。青い布の上でねむると、どんなときでも、すべり台をすべるようにすとんと、ねむれた。そして翌朝おきたときには、すっかり元気になっていた。

アメンボたちのことは、だれにも話さなかった。信じてもらえずにからかわれるのは嫌だったし、信じてもらえて騒ぎになるのも嫌だった。

またいつか、ひとりで行こうと、ひそかにきめていた。

次に行ったのは、学校を卒業して三年がたち、仕事にもだいぶなれたころだ。高原の古いホテルを、さとみはひとりぶん予約した。

ホテルの建物うらにある小道は変わっていなかった。小道をはずれてしばらく歩くと、あのなつかしい小さな池もあった。
大小のアメンボたちも、同じように水面にいる。
うれしくてすぐに声をかけようとしたが、思いなおした。前と同じように
したほうがいいかもしれない。倒木にすわり、目をつぶった。
風がつよい。前に来たときよりも、木々の葉のこすれる音が大きい。それ
でも耳をすますと、つつつつという、あのかすかな音が聞こえた。やっぱり
なにか話している。
「こんにちは」
目をあけて言った。つつつつという声がやんだ。こちらをうかがっている
らしい。
「わたし、前に、あなたたちにとてもきれいな青い布をもらったものです」
「あなた、前に来たひと？」

小さな小さな声が聞こえた。

さとみは、うなずいた。

「あの青い布でねると、よくねむれたわ。本当にありがとう」

心をこめてお礼を言った。

「どういたしまして」

アメンボたちはうれしそうだった。

「ここで、なにをしているの？」

「あなたたちに会いにきたのよ」

「どうして会いにきたの？」

「会いたいからよ」

「どうして会いたいの？」

「お礼を言いたかったからよ。それに」

口ごもった。本当は、別の理由もある。

「もうひとつ、聞いてほしいことがあって」

さとみは、仕事先で知りあったひとを好きになったこと、でも、そのひとの前だと、ひどくぎこちなくなることを話した。

「そのひとといると、わたし、怒った顔になってしまうの。もちろん怒ってなんかなくて、すごくうれしいのに。でもどうしても緊張してこわばるの。かたい鉄板にはりつけられたみたいに動けなくなってしまって」

「たいへん、たいへん」

アメンボたちが、またあわてはじめた。

「かたい鉄板にはりつけられて、動けないって」

小さな輪のかたちになる。上から見ると、アメンボでできたリースのようだ。

まん中から、ぷくんと、たまが出てきた。

前と同じようにピンポン玉ほどのたまだ。でもこんどはバラ色。ひろいあげると、かすかなぬくもりを感じた。

「池のおもてよ」

「朝焼けのとき、すくいとったの」

「うすく、うすく、すくいとったの」

「それじゃ、さよなら、さよなら」


じぶんの部屋に帰ったさとみは、たまをバッグからそっととりだした。

やっぱり一か所、ささくれがある。ひっぱると、バラ色のうすい布がでてきた。ぜんぶほどくと、池と同じ、ひょうたんのかたちをしている。

こんどは、どう使えばいいのかしら。

しばらくながめたあと、ストールのようにほそくしぼり、首にまいてみた。とたん、からだがほかほかしてきた。お酒をのんでほろ酔いになった感じに似ている。

次の日、バラ色のストールを首に巻いて、仕事に出かけた。好きなひとに会ったけれど、緊張しなかった。

「きょうはなんだか楽しそうですね」

相手がさとみに言った。

さとみは笑った。

「あなたに会えたからです」

あっと思うまもなく、言ってしまった。相手はおどろいた。が、みるみる笑顔に変わった。

「ぼくもです。あなたに会える日はうれしいです」

アメンボたちのところにまた行きたいと、ずっと思っていた。お礼を言いたい。報告もしたい。

けれど、ますますいそがしくなった。休日も高原に行く時間はとれなかった。やりたいことが多すぎた。

結局三度めに行ったのは、バラ色の布をもらい、なんと十年以上たってからだ。

合宿で泊まった古いホテルは建てなおされ、名前も変わっていた。ホテルうらの小道も、まったく雰囲気がちがう。木はまばらになり、太陽の光がさしこみ、まぶしい。

さとみは歩きながら思い出した。

はじめてきたときは、二十歳をすぎたころだった。

次は二十代の半ばだった。

社会に出るのがこわかったことも、好きなひととの前でぎこちなくなったことも、なつかしかった。

今も、なやむときはあるけれど、たいていなんとかなる。というより、なんとかならなくても、それなりにやるしかない。昔のようにただ立ちつくすことはなくなった。

「おかあさん、どこいくのー」

うしろから子どもたちの声がした。ふたりのむすめが息をきらして走ってきた。散歩をしてくるといって、さとみはひとりでホテルの部屋を出てきたが、あとを追ってきたらしい。

「おとうさんは?」

「おとうさんもうしろからきてるよ」

ふりむくと、歩いてくるのが見えた。さとみにむかって笑って手をあげる。
さとみも手をふり返す。バラ色のストールを巻かなくても、もう緊張しない。
「おかあさん、ちょっと、お散歩したいのよ」
「わたしたちも、ちょっと、お散歩したいのよ」
むすめたちはまねをして、きゃらきゃら笑った。
歩いても、歩いても、あの小さな池はなかった。
くぼんだ場所はあった。見おぼえのある古い倒木もあった。
けれど、そのあたりも木が少なくなり、日あたりがよく、土は白っぽくかわいている。
池はなくなったんだ。
さとみはやっと立ちどまり、息をついた。
あのアメンボたち、どこへ行ったのだろう。

どこか、べつの池にうつれたのだといいけれど。

あの群青色の布とバラ色の布は、今でもひきだしの奥にきちんとしまってある。まだ、だれにも見せたことはないし、これからも見せないだろう。あれはわたしの大切なひみつだ。

子どもたちが、さとみのまわりを走りだした。

つよい風がふいた。まばらな木々の葉のかげが、ほんの一瞬、林の中をかけめぐった。

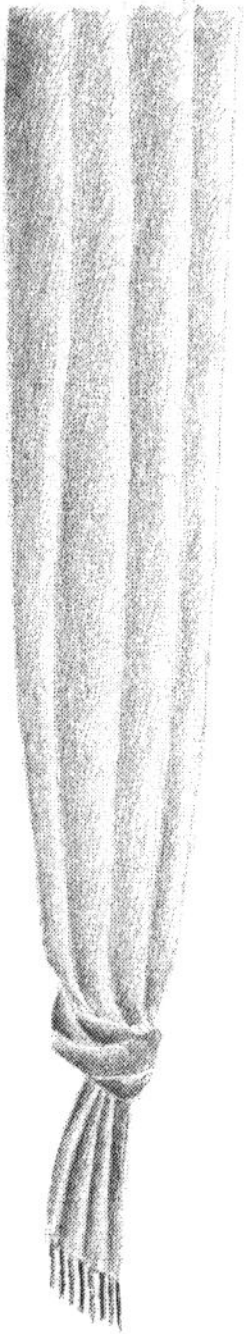

朝の花火

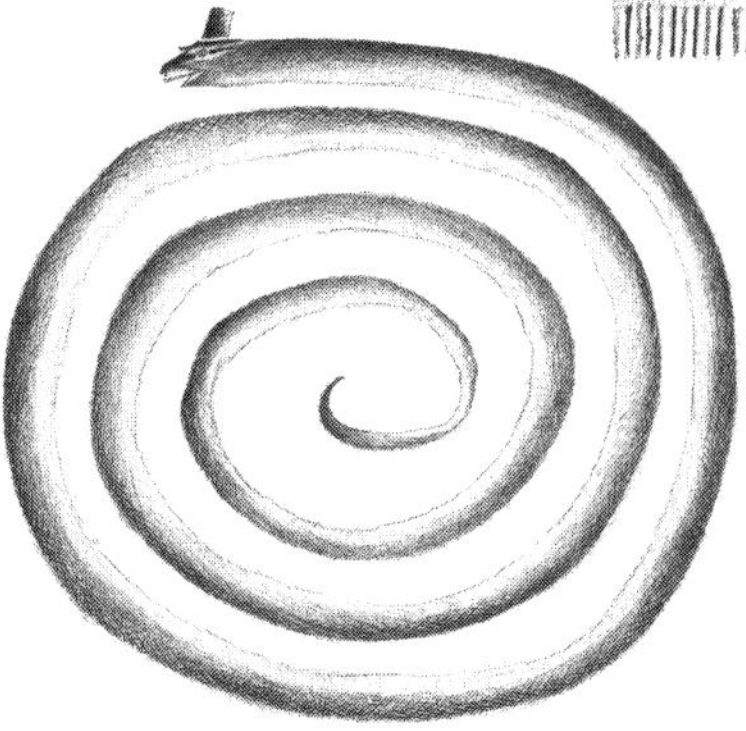

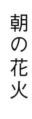

おれは生まれながらの殺し屋だ。もちろん、どんなアオダイショウだって腹がへりゃ、相手を殺して食う。だが、おれは腹がへらなくてもやる。それも食うときのように口からいくのではなく、巻きつくのだ。

おとなになると、おれのからだは二メートル半をこえた。巻きつかれたネズミも小鳥もあわれにひと声ないて、あっけなく息絶えた。そのたび、しっぽの先がゾクゾクした。ネズミや小鳥にあきると、ノウサギやイタチもやった。そしていちばん最近ではイノシシもやった。

イノシシはふだんアオダイショウを食う側だ。おれが巻きついたとき、イノシシは最初ばかにしていたが、満身の力でしめると、あわてだした。ふりはらおうとあばれ、もがき、やがて動かなくなった。その瞬間、しっぽから頭まで快感が走った。

突然、一匹のアオダイショウが近づいてきた。いつも、おれのそばにはだれも来ないのにめずらしいことだ。

「もうがまんできないから言うけど、食べもしないのに殺すなんておかしいよ」

「はあ?」

おれはかまくびを高くもたげて、大きなからだを見せつけた。

「おまえ、だれにいってるんだ?」

そいつはふるえた。そのくせまた言った。

「きみがやっていることは自然の摂理に反しているよ。すぐにやめるんだ」

おれはとびかかり、ツルがからまるようにそいつをしめあげた。

「やめろ、やめて」

のがれようと必死でからだをくねらせたが、ゆるさなかった。そいつはすぐに動かなくなった。遠巻きに見ていたアオダイショウたちがあわててにげていく。

おれは笑った。

おれはおれだ。自然の摂理に反していようが、かまわない。

そんなことより、イノシシの次はなにをやろうか。もっと大きなものがいい。そうだ、人間、人間がいい。


その夜、おれは里山から町へとおりた。

あき地や畑のひろがる郊外に、人間たちの住むさびれた四角い建物があった。すぐそばには巨大な鉄塔があり、見あげると、送電線が空をくぎっている。

おれはあき地の草むらでねむり、朝になると仕事や学校へ出かける人間たちを見おくった。それから四角い建物にしのびこんだ。

おれたちアオダイショウは木にのぼるのがうまい。なかでも、おれののぼりはきわだっている。ひびわれた壁を、炎がもえあがるように一気にのぼった。

しのびこんだのは最上階の五階だった。外廊下がのびている。廊下の右には腰高の壁があり、そのうえからさっきの鉄塔と空が見えた。左には玄関のドアと、おりのような格子のはまった窓がならんでいる。

ひとけはなかった。外廊下のはしにあるエレベーターがガタガタ、大きな音をさせながらおりていくだけだ。

おれは外廊下をはいずった。網戸になっている窓があった。窓わくにのぼってみると、網戸のすみに穴があいている。しかも部屋の中に人間のガキがひとりいて、こちらに背をむけて椅子にすわっている。

しめた。おれは舌なめずりをした。こんなにかんたんに見つけられるとは、なんて運がいいんだろう。
部屋に入ろうと網戸の穴に頭をつっこんだとき、

「だれですか」

そいつがぱっとふりむいた。肩まで髪をのばした少女だ。なんでだ？ 音はたてていないのに、どうしてわかったのか。

窓わくでとぐろを巻いているおれにむかって、少女は得意そうな顔をした。

「窓の外からこっちを見てるんでしょう。だまっててもわかりますから。きっとセールスのひとですね。でもそんなところから部屋をのぞいたってダメです。おかあさんは仕事でいないんだから、玄関のカギは絶対あけられません」

もしかして、とおれは思った。

「……目がみえないのか？」

「生まれたときからです」

なんでもないように少女は言うと、すわったまま椅子を一回転させた。

「わたし、いつもは学校に行ってるんです。おかあさんの車で。でも今、学校で病気がはやっていて、しばらくお休みなんです。わたしは元気なのに」

そう言うと、つまらなそうに口をとがらした。

やった。おれはにやりとした。ひとりで留守番しているなら、なおさら都合がいい。

そのとき、またガタガタと音がした。少女が顔をしかめる。

「この団地、エレベーターも古くて、最近すごく調子が悪いみたいです。ところで、あなたはなにを売りにきたんですか」

セールスマンだと思いこんでいるらしい。ここは適当に話を合わせるか。

「山のものを売ってるんだ」

「山のものって、どんなものですか」

「ネズミとかイノシシとか」

「うそ！　そんなもの、だれも買いませんよ！」

しまった。人間はそういうものは買わないのか。どう言いつくろうか。

「ごめんなさい」

少女がこんどはいきなり頭を下げた。

「失礼なことを言っちゃいました。そういうのってからだにいいものなんでしょう？」

なんであやまるんだ？　わけがわからず、おれはちょっとたじろいだ。

「でも」と、少女は言いにくそうにつづけた。「悪いですけど、やっぱりうちでは買わないです。うちのおかあさん、健康食品とか興味ないですから」

そのとき、外廊下から足音が聞こえた。少女も気がついた。

「あ、この階のひとがだれか帰ってきたみたいです。おとなりのおばさんかもしれません。売りにいったら買ってくれるかもしれないですよ」

思わず舌打ちをした。グダグダしゃべっていないで、さっさと巻きつけばよかった。今やれば、さけび声をあげられて見つかってしまう。出直したほうがよさそうだ。

「じゃあな」と、いそいで窓わくからおりた。


次の日、同じ部屋に行った。網戸の穴からのぞくと、きのうと同じように少女がひとりで机にむかっている。

「きのうのセールスのひとですね」

すぐに少女がふりむいた。顔がちょっと笑っている。おれはしかたなくこたえた。

5
6

「よくわかるな」

「感じですぐわかるんです。それよりきのう、おとなりに売りにいかなかったんですね。おばさんに、ネズミとかイノシシを売る男のひとが来たでしょって、あとで聞いたんです。そしたら来なかったって言ってました」

「用を思い出したから、すぐ帰ったんだ」

「おとなりのおばさん、興味があるみたいでしたよ。漢方薬かしらねえって。でも残念でした。きょうはおばさん、いませんよ」

「べつにいいさ」

「お仕事、いそがしくないんですか」

「まあな」

「だったらお願いがあるんですけど」

言いにくそうに少女は言った。

「ちょっと話をしていってくれませんか」

「話？」

少女は大きなため息をついた。

「なんでもいいんです。わたし、さっきからもう、退屈でたまらないんです」

「話なんか無理だ」

「じゃあ、わたしが話すから聞いててください」

おれの返事もまたずに、少女は勝手に話しはじめた。

「えっと、昔々、あるところに、王様がいました。王様はいつも退屈していました。やることがなんにもないのです。仕事も、身のまわりのことも、なんでも家来のひとが、してくれるのです」

考えながらなのだろう、少女はとぎれとぎれに話した。

「ある日、王様は、あんまり退屈なので、こっそりとお城を出ました。町に近づくと、ふえやたいこの音が、聞こえてきました。その日はちょうど、お祭りでした。広場でみんな、音楽にあわせて楽しそうにおどっていました。王様もわくわくしてきて、一緒におどりたいなあと思いました。でも、王様はおどりませんでした。なぜかといったら……」

きゅうに少女はだまった。首をひねったり、頭に手をあてたりしていたが、こまったようにおれのほうを見た。

「その先が思いつかないんです。つづき、なにかないでしょうか」

は？　話なんか無理だといったはずだ。そう言おうとしたが、突然思いついた。

「なぜかといったら、王には手も足もなかったからだ」

「えっ」

少女はおどろいた声をあげた。

「王は狩りにいったとき、猟銃で大けがをしたのだ。血しぶきがあがり、赤い川のように流れた。命はなんとかとりとめたが、両手も両足もなくしたのだ」

「すごい話ですねえ」

少女はびっくりして自分のほおを両手ではさんでいたが、すぐに笑った。

「でもそういうの、きらいじゃないです。だけど手も足もなかったら、どうやって町に来たんですか？」

おれはつまった。

「その、それは、ひとりだけ家来をつれてきたんだ。なんでもいうことを聞く、うでっぷしの強い家来をな。そいつに背おわれて来たのだ」

「なるほど、そうですか。じゃあ、そういうわけで、王様には手も足もなくて、家来のひとにおんぶしてもらって、町に来たのでした。広場のまん中に椅子があったので、王様はそこにすわりました。そして、みんなをながめました。みんな、手をふりあげ、足をふみならして楽しそうにおどっています。王様もおどりたくてたまりません。でも手も足もないからおどれません。王様はだんだん悲しくなってきました」

言いながら、少女も悲しそうな顔になった。まただまり、おれのほうを見た。

「すみません、また思いつかなくなっちゃって……。交代してくれますか」

「いいぜ」

おれはにやにやした。

「そこで、王は家来に言いつけた。楽しそうにおどっているやつらをみなごろしにしてしまえ、と。家来は王の言うことには絶対服従だ。家来はすぐに銃をとった。さあ、交代だ」

そのとき、外廊下で音がした。だれかが歩いてくる。

「仕事に行く。じゃあな」

おれはいそいで逃げだした。


次の日もまた少女のところへ行った。昨日はうっかり話につきあってしまったが、今日こそすぐに巻きついてやる。

だが、窓わくにのぼったとたん、少女がにこにこして、こちらをむいてすわって言った。

「昨日の話のつづき、できました!」

明るい声だ。

「どういうつづきだ」

「王様はみんなを殺しなさいと、家来に言いつけましたが、やっぱりやめました。そうではなくて、王様はふえやたいこにあわせて歌いだしたのです。すてきな歌声でした。それまでだれも気がつかなかったけど、王様はとてもやさしい声をしていました。みんな、びっくりしておどるのをやめました。だって広場のまん中で、王様が歌っているのです。それもとてもすてきな歌声なのです。

王様はあわてて言いました。『おどるのをやめずに、わたしの歌に合わせておどってください』そこでみんな、またおどりだしました。さらに楽しくなりました。

でも、いちばん楽しかったのはだれでしょう？　それはもちろん王様でした。おしまい」

少女は笑っておれを見る。

「わたし、あなたの声で思いついたんです。やさしい声してるから」

おどろきすぎて、息がとまるかと思った。

「おれの声がやさしい？」

「低くて、ちょっとかすれてて、聞いているとほっとします。声だけじゃなくてほんとにやさしいですけど。わたしが退屈だって言ったら、毎日来てくれてありがとうございます」

少女はちょっとはずかしそうに頭を下げた。

こいつ、なに言ってるんだ？　おれがどういうやつなのか知りもしないでいいかげんなこと言うんじゃねえよ。

なのに、からだがそわそわする。しっぽの先がじんわりあたたかくなってくる。いったいこの感じはなんなんだ。

「帰る」

ひとこと言うと、少女は残念そうな顔になった。

「また絶対来てくださいね」

その日ずっと、落ちつかなかった。あき地の草むらに丸まっていても、そわそわというのか、ふわふわというのか、からだがみょうに軽くなった感じがする。しっぽの先も、ずっとあたたかい。

だけどこの感じ、悪くない。そうだ。全然悪くない。

なぜかふいに、おれに近づいてきたアオダイショウのことを思い出した。あいつも、こういう感じになったことがあっただろうか。

あのイノシシもそうだ。あのノウサギも、あのイタチも、あのネズミも、あの小鳥も。あいつらも、こういう気分を味わったことがあったのだろうか。

次の日、また団地の五階に行った。もう少女に巻きつく気はなかった。ただ会いたかった。

いつものように外廊下にしのびこむと、少女がちょうど玄関のドアから出てきた。おれはあわてて消火器のかげにかくれた。

少女はつえをもち、リュックを背おっている。

「やっと学校に行ける！」

すごくうれしそうな顔だ。おれまでうれしくなった。となりには母親らしい女のひともいて、同じように笑っている。二人ともおれに気づかず、外廊下を歩いていった。おれは二人がエレベーターに乗りこむのを見送った。

エレベーターが下におりはじめたとたん、ガガガーッと、異様な音がした。階数を知らせる表示ランプが、はげしく点滅しはじめる。少女の悲鳴も聞こえた。

少女の家のとなりのドアから、おばさんが走りでてきた。エレベーターのボタンを何度も押しながらさけんだ。

「だれかっ、エレベーターをとめてっ」

とっさにおれは団地のそばに立っている鉄塔を見た。腰高の壁にのぼり、身をのりだす。そして鉄塔のまん中あたりに目標をさだめた。

とどけ！　バネのようにからだを最大限にしならせ、鉄塔にむかって跳んだ。

からだが鉄塔にぶつかると、すぐに巻きつき、一気にのぼった。そして空を横切る送電線にからみついた。

おれのからだは花火のように光った。同時にあたり一帯は停電となり、古い団地のエレベーターも止まった。

自分のからだがこげるにおいをかぎながら、しっぽの先がまだじんわりとあたたかいことに気がついた。
おれはにやりとして、さいごの息をはいた。

聞いてくれますか

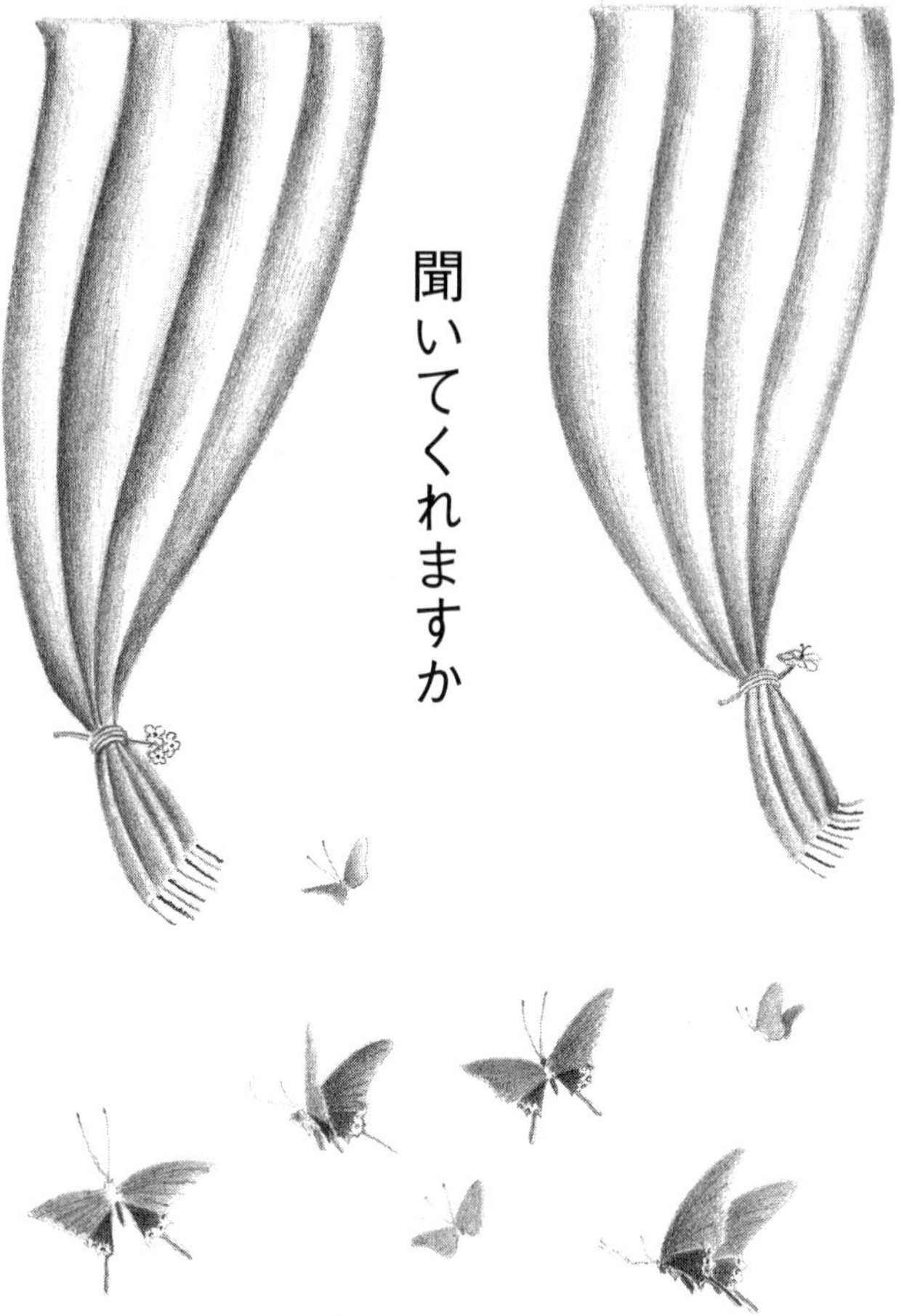

ひらひら。

ひらひら。

蝶がとんでいます。

わたしは下半身をこたつに入れたまま、はらばいになって右手だけをのばし、レースのカーテンをめくりました。

マンション一階の小さな庭に植えたピンク色のナデシコの花の上を、黒い大きな蝶がとんでいます。

あれはカラスアゲハかしら。

黒くて大きな羽をわたしはじっと見つめます。

もしかして、あなた？　あなたですか？

音のない声でたずねると、
そう、ぼくや。

カラスアゲハは答えました。

なんや、まだこたつを出しとるんかいな、もう五月やで。

わたしは顔をしかめます。

しかたないでしょ、このごろ神経痛がひどいんだから。

あなたはひらひら気楽でいいわよね。

定年になったらあちこち二人で出かけようと思っていたのに、人生も定年にしてしまうなんて。だいたい、たばことお酒ののみすぎですよ。

何年もたつのに、まだそんなこと言っとるんかいな。まあ、ぼくのぶんも長生きしてや。

カラスアゲハになった夫はからりと言います。

いやですよ。早くあなたのところに行きたいですよ。いつになったら呼んでくれるんですか。

そんなに、はようこっちに来たいんか。そっちには子どももおるやろ。二人ともよりつきもしませんよ。タカシは今もシンガポールです。一時帰国したってお嫁さんのおうちに先に行っちゃうのよ。うちにはほんのちょっと顔を出すだけ。

メグミもおるやろ。あの子はどないしとるんや。

そんな子、知りませんよ。お母さんはいつも自分の考えを押しつけるのね、とか、お母さんはだれかによりかからないと生きていけないの、とか、ひどいことばかり言う娘なんて。

もう顔も見たくないって言ったら、ほっとしたんじゃないんですか、本当に来なくなりました。

でも、わたしはお友達と遊ぶからいいわって、そのときは思ってたんです。だけど、お友達もつぎつぎ病気になったり、遠くに引っ越してしまったり。

先月もね、お葬式だったのよ、高校のときのさわこちゃん。あなたも覚えてるでしょう。結婚式でわたしのベールをふんづけた子。わたしの頭のティアラがずれてしまって。わたしは泣きそうだったのに、あなたは大笑いしたわよね。

まあ、そんな話はいいわ。とにかく早く迎えに来てください。いつまでもひらひらしてないで。

ねえ、聞いてるの？　あなたってば。

カラスアゲハはひらりと垣根をこえて行ってしまいました。

まったく。わたしはため息をつきました。

ひとって変わりませんね。昔からわたしの話をろくに聞いてくれませんでした。

洗たくものを干したあと、ふと見ると、小さな黄色い蝶がとんでいました。

スイートアリッサムの白い花の上をちょいちょいと、とんでいます。

あっ、とわたしは気がつきました。

これは、さわこちゃんじゃないかしら。

さわこちゃん?

呼びましたが、さわこちゃんは答えません。

蝶になってまもないから、まだ答えることができないのかもしれません。

いや、それよりも、花の蜜に夢中なのかもしれません。さわこちゃんはおっちょこちょいのうえに、くいしんぼうでしたから。レストランも食べ放題が大好きでした。

さわこちゃん。

わたしはそっと呼びかけます。

あなたが突然死んでしまって、すごくショックで悲しいの。

お葬式に行ったら、あなたの病気のことを知っている友達もいたわ。

だけど、わたしには教えてくれなかったのね。

一緒に旅行したり、お芝居を見に行ったのに。

わたし、あなたを大切なお友達だと思っていたのよ。

さわこちゃんは、だまっています。

でももう、しかたないわね。

花の蜜はおいしい？

たくさん飲んでね。またべつの花も植えるわね。食べ放題みたいに好きなものが食べられるように。


ピピピピ、と、かん高い音が鳴っています。

こたつで寝ていたわたしは、目を覚ましました。

もう夕方なのでしょう、いつのまにかあたりはオレンジがかっています。

ピピピピという、目覚まし時計のような電子音が、台所のほうから聞こえてきます。

音を消したテレビ画面の時刻を見ると、5：31。

いつごろからでしょう、毎日この時間になると、五分か十分、鳴りつづけるのです。なにが鳴っているのか台所を探したけれど、なにもありませんでした。

わたしはいらいらしてきました。

ああ、うるさい。

台所に行くと、やはり音が大きく聞こえます。

だけど、うちの台所にはこんな音がするものは置いていません。

ということは、おとなりでしょうか。

台所の壁の向こうは、おとなりの家の台所なのです。夫婦と大学生の息子の三人暮らし。奥さんはおおざっぱな感じのひとで、洗たくものを庭で干しながら歌っているのが時々聞こえてきます。

あの奥さんなら目覚まし時計を止めわすれそうです。

毎日じゃ、がまんできないから、文句を言いに行こうかしら。

そう迷っているうちに音は鳴りやみました。

次の日の夕方、わたしは今か今かと、ベルが鳴るのを待っていました。

五時半をすぎると、また鳴りはじめました。

台所、いえ、やっぱり台所の壁の向こうから聞こえてきます。

わたしはいそいで玄関を出て、おとなりのチャイムを押しました。

「あら、こんにちは」

玄関に出てきた奥さんは、ゴマのおせんべいでも食べていたのでしょう、口からゴマのにおいがぷんとしました。

「悪いけど、今すぐ、うちに来てくださらない？」

「今すぐって、なにかあったんですか」

「いいから早く！」

わたしがぴしゃりと言うと、奥さんはあわてたようについてきました。

うちの台所に入ると、幸いなことにまだ鳴っています。

「なにか鳴ってますね」

奥さんがのんきそうに言いました。

「この時間になると鳴るの。でもごらんの通り、ここには目覚まし時計とか、そういうものを置いていないでしょう」

台所の壁には冷蔵庫と戸棚がならんでいます。戸棚の上には電子レンジと炊飯器を置いています。

「この壁の向こうはおたくの台所でしょう。おたくで鳴っているんじゃないかしら」

「えっ、うちですか」

奥さんはびっくりした顔になりました。

「うちも台所には目覚まし時計は置いてませんよ」

「でも一度確認してもらえない？」

「それはかまいませんけど」

突然奥さんが、冷蔵庫と戸棚のわずかなすきまに手をつっこみました。

「これじゃないですか」

そう言ってひきだした奥さんの手には、手のひらにおさまる小さな時計がありました。奥さんはすぐに時計を裏返し、つまみをオフにします。ピピピピ、という音はぴたりと止まりました。

それは結婚式の引き出物でもらった真珠つきの小さな置時計でした。そういえば戸棚の上に置いていたのですが、いつのまにかなくなったと思っていました。それに目覚まし時計の機能があるとは知りませんでした。

「ごめんなさい」

はずかしくてたまりません。

「いいんですよ。原因がわかってよかったですね」

奥さんは笑いました。

小さな蝶が二匹、ダンスするようにひっついたり離れたりして、ちろちろとんでいます。

わたしは庭にぼんやりとしゃがんでいました。

蝶の羽はうすい灰色。

一匹がストックの花にとまりました。

そのとたん、いつもグレーのスカートとグレーのズボンをはいていた両親を思い出しました。もう二十年以上前に亡くなった両親です。

もしかして、おとうさん、おかあさん？

わたしは呼びました。

そうだよ。

かすかにおかあさんの声が聞こえた気がしました。

ひとりぼっちのわたしを心配してきてくれたのかもしれません。

そう思ったとたん、鼻がつんとしました。

おとうさん、おかあさん。

だれもいないの。

さびしいの。

二匹の灰色の蝶はストックの花から、スイートアリッサムの花へとうつりながらとんでいます。

でも、それきり、なにも言ってくれません。

どうしたらいいの。

生きていてもつまらないの。

わたしはうつむきました。

そのとき、だれかがわたしの肩をそっとたたきました。

びくっとしてふりむくと、いつのまにか小さな女の子が立っています。

「あなた、だれ？」

女の子はもじもじして小声で、ちょうなんとか、と言いました。

「ちょう？」

わたしはさらにびっくりしました。

「あなた、蝶なの？」

蝶とばかり話しているから、蝶が会いにきてくれたのでしょうか。

女の子はあわてたように頭を振りました。

「ちがうよ、ちりちゃん」

「蝶じゃないの？」

「ちりちゃん」

思い出しました。

そうです、この子は千里ちゃんです。最後に見たときはまだベビーカーに乗っていました。

ちりちゃんのうしろから大声がしました。

「勝手に入ってごめんなさい。玄関のチャイムを押したけど出ないから、こっちに回ってきたの。昨日、おとなりから電話をもらったのよ。お母さんの様子を見にきてって。どうかしたの？　どこか具合が悪いの？」

わたしはじっと自分の娘を見あげました。

「べつに悪くないわ。元気です」

「そう」

娘の恵《めぐみ》はほっとした顔になりました。

「部屋に入ってもいい？」

「どうぞ」

娘ははきだし窓から部屋に入っていきました。

ちりちゃんはまだ庭につったったままです。

花壇を見ると、灰色の蝶は二匹ともいなくなっていました。わたしはちょっとがっかりしました。

「さっきまで、ここに、あなたのひいおばあちゃんとひいおじいちゃんがいたのよ。でも、もうとんでいっちゃった」

「とんでいっちゃったの？」

ちりちゃんはびっくりしたように聞き返しました。

「そうよ。蝶だからとべるの。あなたのおじいちゃんも蝶なの。お友達も蝶なの。みんな、蝶なの」

ちりちゃんはこまったように首をかしげました。しもぶくれのほおが小さいころの娘にそっくりです。

「みんな、ちょうちょなの？」

「そうよ。わたしも、もうすぐちょうちょになるのよ」

部屋から娘の大声がしました。

「ケーキを持ってきたんだけど、お茶を淹れてもいい？」

「待って。わたしがやるから」

ひさしぶりに来たひとにあちこち勝手にさわられてはたまったものではありません。

急いで部屋に入ろうとすると、ちりちゃんがあわてたように追いかけてきました。

「にんげん」

「え？」

「おばあちゃんはにんげん」

わたしは立ちどまりました。それから、ちりちゃんの顔を見つめました。

「そうね。今は人間だわ」

すると、ちりちゃんはにっこりして、「いっしょにあそぼう」と言いながら、小さな手でわたしの手をにぎりました。

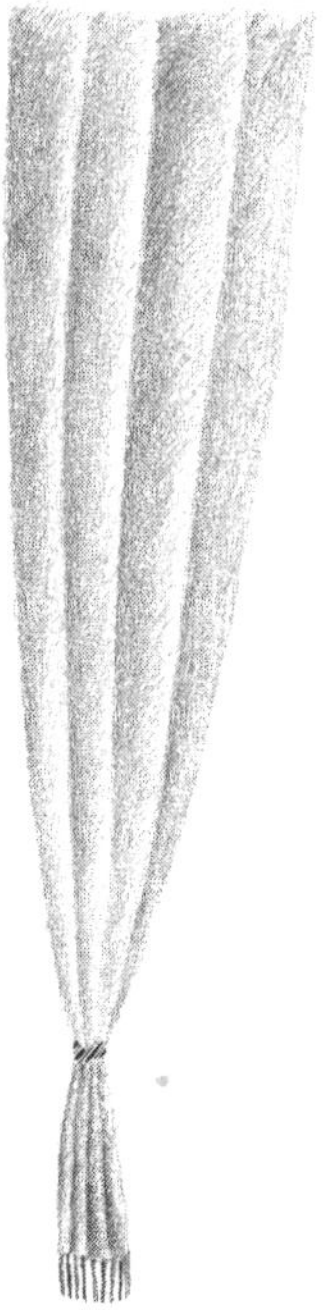

そらの青は

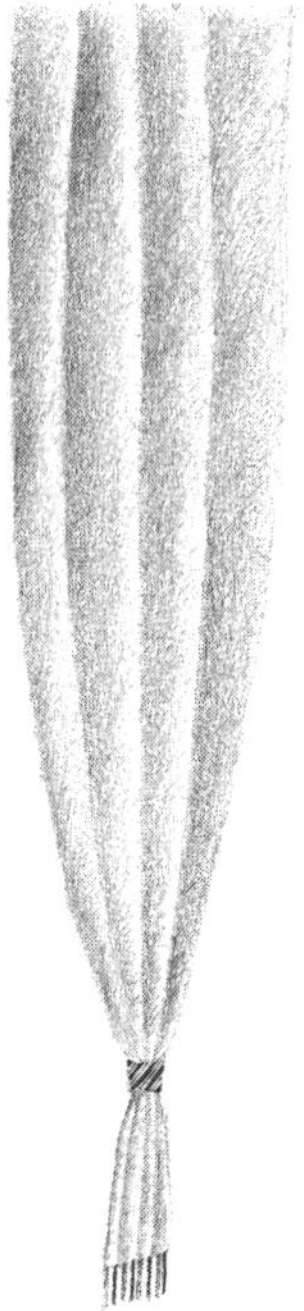

尾びれをゆらゆらさせながら、クロエは水面ごしに空を見あげた。よく晴れた、雲ひとつない青空だ。

すごくきれいな青。

クロエは思い出した。「色はみんな同じように見えているわけじゃない」と聞いたことがある。小さいとき、お年寄りたちがおしゃべりしているのをそばで聞いたのだ。意味はわからなかったけれど、不思議な話だったから、今でもおぼえている。

あれはどういう意味だったんだろう?

今、この空の青を、わたしは自分の目で見ている。だれでも自分の目でしか見られないんだから、おたがいにどう見えているかは、わからない。

「青」という同じ言葉でよんでいるけれど、それぞれ見ている色は、ちがうかもしれない。

そうか、そういうことだ。クロエは急にドキドキしてきた。ギンコちゃんにすぐ話しにいこうと思った。ギンコちゃんは小さなころからの友達だ。

行くと、ギンコちゃんはほかの鯉たちとおしゃべりをしていた。クロエはあわてて川底にある大きな石のかげにかくれた。

ギンコちゃんは楽しそうにしゃべっている。クロエはじっと待った。しばらくしてほかの鯉たちがいなくなると、石のかげから出た。

ギンコちゃんはすぐにクロエに気がついた。

「クロエちゃん、おはよう」

「ギンコちゃん聞いて聞いて。今すごいことがわかったの」

クロエはいっきに話した。でもギンコちゃんはすぐにはわからなかった。

「それって、えっと、つまり」

124

ギンコちゃんはクロエがかくれていた石を見る。

「たとえば、その石はわたしには灰色に見えるけど、クロエちゃんには灰色に見えないいってこと？」

「ううん、わたしにも灰色に見えるよ。でも生まれたときから、おたがいにその色を『灰色』だとおぼえているでしょ。だけど、おたがいの見え方を体験することはできないから、わたしが見ている灰色と、ギンコちゃんの見ている灰色は、ちがう色かもしれないの。もしかしたらギンコちゃんの灰色は、わたしにとっての黄色かもしれない。でもそこは永遠にわからないのよ」

「あっ、そうか」

ギンコちゃんがうなずいた。

「同じ灰色だっていっても、見えている色はちがうかもしれないってことね。わあ、おもしろいね！」

クロエはうれしくなった。

それからクロエとギンコちゃんは、ちょっと散策に出かけることにした。

上流に向かってのんびりおよぎ、ススキのはえている川べりまで行った。

川底の砂地《すなじ》から水がわきでているところがあった。ときどき空気がまじるらしく、小さな泡が出てくる。

泡がぷくぷく出ているまうえに行って、からだに当てた。二人はきゃあきゃあ笑った。

「くすぐったくておもしろいね」

「ほんとにおもしろい」

クロエは、はっとした。

「今の『おもしろい』っていうのも、さっきの『色』と同じかもしれない」

「え？」

ギンコちゃんがふしぎそうに言った。

「おもしろいは、おもしろいだよ。それは同じでしょ」

「でも、すごーくおもしろいか、ちょっぴりおもしろいか、これまで味わったことがないおもしろさか、なにかに似ているおもしろさとか、いろいろあるよ」

「そういえばそうだね」

新しい発見にクロエはまたうれしくなった。

「だから、同じ『おもしろい』も、ちがうかもしれないんだよ」

ギンコちゃんがだまりこんだ。

「ギンコちゃん、どうしたの」

「なんかちょっと」

「なんかちょっと、どうしたの」

「なんかちょっと……、さびしくなっちゃった」

クロエはびっくりした。

「なにがさびしいの？」

「だって、『おもしろい』って言いあっても、本当はわかりあってないってこと？」

クロエはあわてた。

「ちがうよ、そんな意味じゃないよう」

でも言いながら、ちょっと自信がなくなる。もしかしてそういうこと？

クロエもギンコちゃんもだまりこんだ。

砂底からまたぷくんと泡が出て、まっすぐ水面にむかってのぼっていき、はじけた。

「そろそろ、帰ろうかな」

ギンコちゃんが言った。クロエもうなずいた。

「うん」

もとの場所に帰ってくると、ギンコちゃんが思い出したように言った。

「そういえば、お昼すぎに橋からパンをまくにんげんが来るらしいの。クロエちゃんも一緒に食べに行こうよ」

「わたしとギンコちゃんだけで？」

「ほかの子たちも来るけど」

「じゃ、やめとく」

ギンコちゃんはがっかりしたようだけれど、なにも言わなかった。

クロエはむれるのが、大嫌いだ。むれた子たちはかならず、だれかをはじきだそうとする。そしてそれはきまってクロエになる。

小さなころからクロエは理屈っぽくて変わっていると言われて、ずっと意地悪されてきた。そんなことをしないのはギンコちゃんだけだ。

ほかの鯉たちとパンをもらうために集まって、水面で口をぱくぱくさせるなんて、想像しただけでもバカみたいだ。橋の上にいるにんげんから見たら、輪ゴムがいくつも水面にうかんでいるように見えるんじゃないだろうか。

そのとき、さわがしい声が聞こえてきた。クロエはいそいで「じゃあね」と言って、また大きな石のかげにかくれた。やってきたのは、やっぱりほかの鯉たちだ。

「ギンコちゃん、さっきクロエが来てなかった？」

「来てたよ」

「信じられない。まだあんな変な子とつきあってるの」

「クロエちゃんもわたしの友達だよ」

ギンコちゃんの声が少し小さくなる。

「あんな変なのとつきあってたら、ギンコちゃんまで変になっちゃうよ。相手にしないほうがいいって」

「でも……」

ギンコちゃんの声のつづきは聞こえなかった。


次の日から、クロエはギンコちゃんのところに行かなかった。なんどもしゃべりたいと思った。でも行けばギンコちゃんもこまる。

退屈になると、ススキのはえている川べりまでおよいでいき、砂地から出る泡をながめた。

よく見ると、大きな泡がぷっくんと、いきおいよく出るときもあったし、こまかい泡が一本の線のようにのぼっているときもあった。おひさまの光がまっすぐ水の中にさしこむと、泡はかがやいた。

ある日、泡の帰りみち、ギンコちゃんが川の反対がわを泳いでいるのを見た。

ギンコちゃん！　ひさしぶりに見るギンコちゃんだ。

ギンコちゃんもクロエに気がついた。でもすぐに顔をそらし、ほかの鯉たちと一緒に、まっすぐ、およいでいった。

クロエはそのまま下流まで行った。にんげんが捨てた網がそのままになっているところがある。ひっかかるとあぶないから、ほかの鯉たちはめったに来ない場所だ。

網の上にちょっと、横たわってみる。

からだの半分が、空気にさらされて苦しい。川ぞいの道を走る車の音も、乱暴でこわい。空も水面ごしに見るのとちがって巨大で、今にもおしつぶしてきそうだ。

それでもクロエは横たわりつづけた。

「たすけて」

かぼそい声がした。自分が言ったのかと思った。でもそんなはずはない。また「だれか、たすけて」と声がした。

クロエは水の中にもどった。網のはしに鯉がひっかかっている。クロエと同じ、墨色をしたおばあさんの鯉だ。クロエは網にかからないように気をつけながら、おばあさんに近づいた。鼻先をつかって、おばあさんの尾びれと、ひっかかっている網をはなした。

「ありがとう」

おばあさんはほっとしたようにクロエを見た。

「あなたも、網にかかってしまうかもしれないのに、なんて強い子でしょう」

そう言うと、おばあさんはよろよろ、およぎだした。

強い子じゃない。

クロエはおばあさんを見送りながら、泣きそうだった。

でも、強い子になりたい。

水面ごしに空を見あげると、すっかり日がくれて、ふかい紺色をしている。

この紺色を、わたしが見ているんだと、クロエは思った。

ふかく息をはいた。

わたしは、わたしだ。ほかのだれでもないんだ。

住みかにもどったクロエは、毎日ひとりでおよぎ、食べものをさがし、空を見て、ねむった。「本当はわかりあってないってこと?」と言うギンコちゃんの言葉もなんども考えた。

ある日、砂地から出る泡を見に行った。大きな泡が一つわいて、きらりとうかんだ。

うしろで気配がした。ふりむくと、ギンコちゃんがいた。はずかしそうにだまっている。クロエもすぐに話せない。

ギンコちゃんが、小さな声で言った。

「今の気持ちが同じだといいな」

クロエは胸がいっぱいになり、ギンコちゃんのまわりをくるりと回った。

「同じだよ」

そのとき、ひらめいた。同じ言葉だけではわからないから、もっとわかりあいたくなるんじゃない？

そうだ、きっとそうだ。すぐにギンコちゃんに話さなきゃと、クロエは思った。

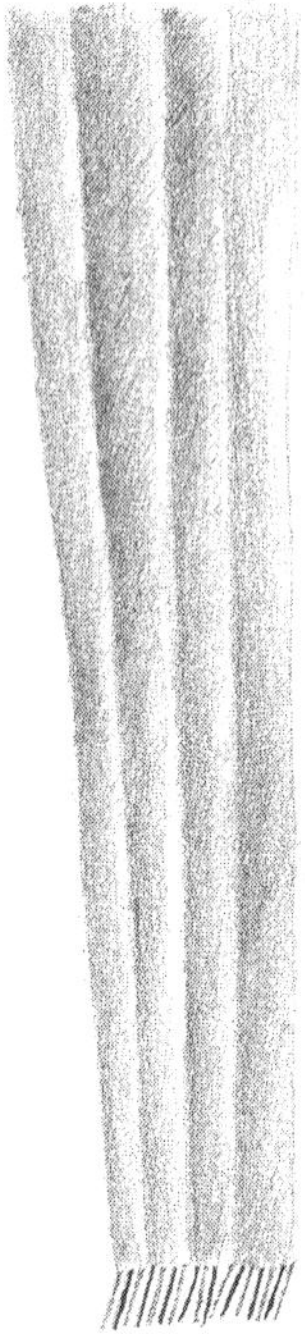

光る地平線

ライオンがその地にはじめてやってきたとき、腹がへって、今にもぶったおれそうだった。

かわいた草原がどこまでもひろがっている。ここにも食いものはなさそうだ。

そう思ったとたん、からだがくずれおちた。横たわり、まん丸い月を見あげる。さいごに肉を口にしたのはいつだったか、一月前だったか、二月前だったか。

たぶん死ぬのだ、と彼は思った。

目をとじると、母のすがたが闇の中にうかぶ。一瞬ひもじさをわすれる。死んだら母に会えるだろうか。うつくしい金色の毛並みと、あまいにおい。おさないうちに母がなくなり、ふるさとをはなれた。からだが小さく、たたかいにまけつづけた。くじけがちな心もわざわいし、長い間居場所をもとめてさまよった。

それも今日で終わりだ。こうやって死んでいく。横たわったまま、ふかい息をついた。

そのとき、遠くのほうでなにか、気配を感じた。どうにか頭をあげて目をこらす。遠くに見える一本のアカシアの下に、なにかいる。

ブッシュだろうか。いや、少し動いた。動物のかげだ。シマウマか、ガゼルか。わからないが、たしかになにかがいる。

ひっしでおきあがる。つかまえることはできないかもしれないけれど、さいごのチャンスだと思った。

そろりそろりと近づいていく。

そこにいたのはシマウマでもガゼルでもなかった。自分と同じライオンだった。それもうしろ姿だ。そのライオンの前にはチーターがいる。さらにその前にはヒョウがいる。そうやって十頭近い肉ぐらいたちが、しずかにならんでいる。

オスもメスもいるし、けものの種類もちがう。しかしあらそわず、じっとすわっている。どのものもやせており、毛づやが悪い。

いったいこの列はなんだろう。彼は最後尾についた。列は少しずつ進んだ。先頭のものはなにかうけとると、列からはなれていく。

まもなく彼の番になった。そこには、としをとったオスのライオンがいた。なにも言わずに赤い肉をひとかたまり、くれる。

食いものだ！　彼はむちゅうでむしゃぶりついた。あぶらののっていない肉だったが、これよりもうまいものは食べたことがない。肉の汁がついた前肢までぺろぺろとなめてから、われにかえった。

「どうして肉をくれたんだ？」

としをとったライオンはだまっている。列にならんでいたものたちは食べおわり、それぞれしずかに去っていく。

ふしぎだった。ほかのものに肉をやるより、自分で食ったほうがいい。見ると、としをとったライオンも、やせている。肉をやるゆとりがあるとは思えない。

「いつもこんなことをしているのか」

としをとったライオンは、ぼそりと言った。

「満月の晩だけだ」

「じぶんで食ったほうがいいじゃないか。どうしてほかのものにあげるんだ」

あっというまにたいらげたことはたなにあげ、彼はたずねた。としをとったライオンは、少しめんどくさそうな表情をうかべ、それから答えた。

「死にそうに腹をすかせたものがいるからだ」

ぶあいそうだが、やさしい気持ちなのだ。ライオンはうれしくなった。だれかに食べものをわけてもらったのは、母が死んで以来だ。

肉をもらったほかのものたちの姿はもうない。でも彼だけは、としをとったライオンのそばによった。なにか、話したかった。遠いふるさとのこと。やさしかった母のこと。母が死んだこと。つらい日がつづいたこと。やさしいものはきっとなぐさめてくれるはず。しなだれかかるように、としをとったライオンを見つめる。

が、としをとったライオンは、こちらを見ることはなかった。だまったまま草原を歩いて行ってしまった。

肉のかたまりを一つ食べたことで、少し元気がでた。いのちがいくらかのびた気がした。

ほかのライオンがいないところまで歩きつづけることができたし、次の日、ひさしぶりに食いものを――小さなイノシシだったが、つかまえることもできた。

そのうえ、大きな岩穴まで見つけた。ライオンは思いついた。夫婦のネズミをつかまえてこの岩穴でふやすのだ。そうすれば、食いものにこまらない。さっそくつかまえたネズミを岩穴に入れ、入り口を石でふさいだ。これがおもしろいほどうまくいった。しかしネズミは何匹食ったところで、腹はふくれない。

さらによい方法はないか。すぐにひらめいた。この岩穴にもっと食べがいのあるものをとじこめよう。そうすれば、いつでも好きなだけ、食べたいものが食べられる。

でたらめな思いつきだったが、いきおいがあるときはなんでもうまくいくものらしい。次の日、ライオンはインパラのむれを見つけ、うまいぐあいに岩穴においこむことができたのだ。十数頭のインパラだ。いそいで、入り口を大きな石でふさぐ。

これで当分、食いものにこまらない。ライオンはおどりだしたい気分だった。草や木の葉を岩穴にほうりこんでおけば、インパラは生きているだろう。腹がへったとき、いつでもあたらしい肉が食べられる。わかいライオンは、自分の頭のよさにしびれた。

彼がすばらしい食べものをたくさんもっていることを、どうやって知ったのか、まもなくメスのライオンが何頭もやってきた。「一緒に暮らしたいんです」と言う。子分にしてくださいと、たのみこむオスのライオンまでやってきた。

ライオンはよろこんでメスをむかえた。子分のオスは、自分よりも小さくてよわそうなことを注意深くたしかめた。

こうして思いがけなく、自分のむれをはじめてもつことになった。ライオンはすっかりうかれた。彼のむれは狩りにいく必要がないからのんびりとしている。腹がすけば岩穴からインパラを一頭ずつひっぱりだして食うだけだ。

毎日、うららかな草原でしゃべった。ライオンは自分の話をするのがなによりも好きだった。母がはやく死んだこと。そしてそのあとの苦労。むれのものたちは口々にリーダーをなぐさめてくれる。

「苦労をのりこえて、よくがんばりましたね」

「これからはゆっくりとすごしてください。あなたはもう十分、がんばりましたから」

「どうかむりをしないでくださいね。そのままのあなたでいいんです」

ライオンはこういった言葉がだいすきだった。

しかし、この暮らしは長くつづかなかった。ある日、岩穴のインパラが一頭のこらず消えたのだ。なんのことはない、すべて食いつくしただけのこと。まばたきするよりもはやくメスがいなくなった。子分のオスはきばをむきだし、彼を威嚇した。


からだをくるんでいたやわらかなものが、いきなりはぎとられた。空をふわふわとんでいたのが、かたい地面につきおとされた。

ながいあいだ狩りに行かなかったからだは重かった。コオロギ一匹、つかまえられない。何日も歩きつづけた。ときどき、なぐさめの言葉を思い出した。

「がんばりすぎないで」

「そのままのあなたでいいんです」

むなしくて、のたうちまわった。もうだめだ。死にそうだ。

たおれそうになったとき、草原の遠くに一本のアカシアが見えた。そして、その下に、けもののかげをみとめた。

もしかして……。あれは半年前だったか、一年前だったか。

空を見あげると、まん丸い月。そうだ、満月の晩だ。ひっしで歩きはじめた。

前に見たのと同じように、やせたライオンやチーターがならんでいる。

彼はまた最後尾についた。見おぼえのあるとしをとったライオンが、いちばん前にいた。ならんでいるものたちに肉をくばっている。

彼の番になった。肉をひとかたまり、もらう。むしゃぶりついた。うまい。

あっというまに食べおわると、としをとったライオンを見た。

こちらをおぼえているかどうか、わからない。としをとったライオンはあいかわらずぶあいそうで、だまっている。

だが、今はそれがうれしい。なにも聞かれたくないし、なにも言われたくない。ここちよい言葉は、聞いた一瞬は元気になれるが、すぐに消えていく。肉をもらったものたちは、前と同じように、すぐにちっていなくなっていた。彼は、行かなかった。

としをとったライオンがよゆうがあるわけではないことは、やせたその姿からもよくわかる。それなのになぜ満月の晩になるたび、少ない食べものをわけつづけているのか。

「どうして、ほかのものに肉をやるんだ」

としをとったライオンがぼそりと答えた。

「死にそうに腹をすかせたものがいるからだ」

前とそっくり、同じ答えだ。

としをとったライオンは歩きだす。ライオンは、としをとったライオンのあとをついていった。まだ聞きたりない。

としをとったライオンはふりかえり、わかいライオンがついてくるのを見たが、追いはらうことはしなかった。

月がかたむいてきた。

二頭のライオンは一列になり、草原をだまって歩きつづけた。

やがて小高い丘に、としをとったライオンはのぼっていった。そこにねぐらがあるのだろうか。

丘の上までのぼると、草原が遠くまで見わたせた。

そろそろ夜明けだ。地平線が、一本の金色の線のようにかがやきだした。太陽のあたまが地平線から出てくる。まるで金の皿にわった黄金のたまごだ。

ライオンは思わず見とれた。

「なんてきれいなんだろう」

としをとったライオンも立ちどまった。同じように太陽をながめてからふりかえる。

「どうしてきれいなのか、わかるか」

とつぜんの問いだった。ライオンはあわてて考える。空気がすんでいるからか？　太陽が大きいからか？

答えまどっていると、としをとったライオンが言った。

「生きているからだ」

わかいライオンは、はっとした。

もういちど金のたまごのような太陽を見つめる。

やっぱりきれいだ。見ることができてよかったと思うほどきれいだ。

なるほど。ライオンはすなおにうなずいた。

としをとったライオンがふたたび歩きだす。

彼はもうついていかなかった。

としをとったライオンの背に向かって言う。

「ありがとう」

丘をおりはじめた。

まず、からだをやすめる場所をさがそうと思った。それから食いものをさがしに行こう。

そうやって、死ぬまではたしかに生きよう。

あたりまえのことだったが、そんなふうにライオンが考えたのは、はじめてだった。

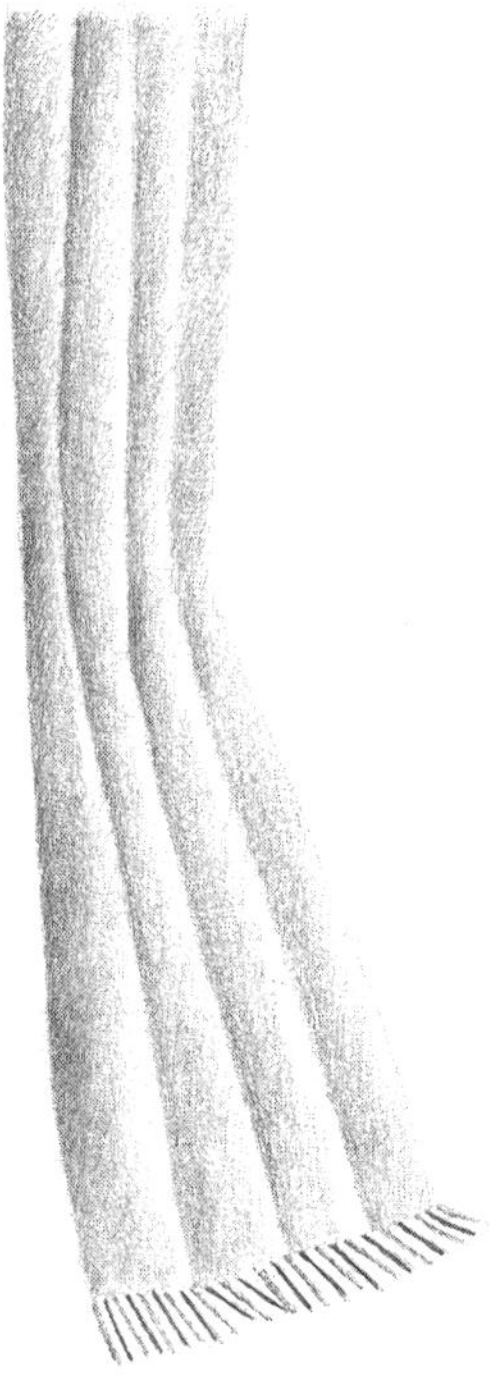

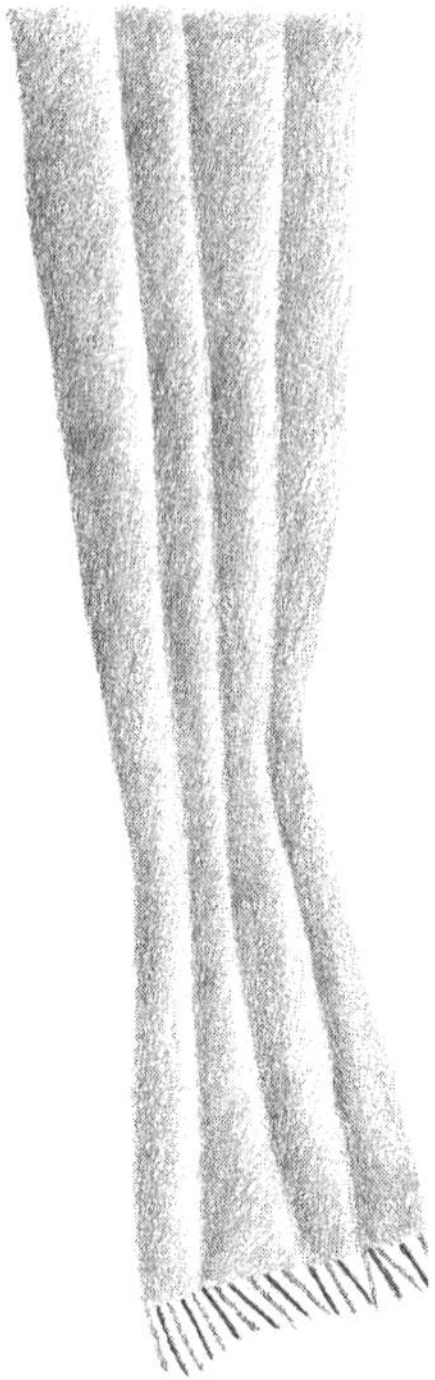

クマのあたりまえ

子グマが一頭、ふんふん、鼻歌を歌いながら、森を歩いていた。

少し先の木のねもとに、黒っぽいこんもりとしたものが、横たわっている。

近づくと、見かけたことのあるオスグマだ。背中をまるめ、横むきでたおれている。まぶたはあいているのに、なにを見ているのかわからないような暗い目をしてじっとしている。

子グマは、どきっとした。

これは死んでいるんじゃないか。死んだクマをそばで見るのは、はじめてだ。

でももしかしたら、まだちょっとは生きているかもしれない。

そう思った子グマは、オスグマのそばで「あー、おほん」と、咳ばらいをしてみた。だが、オスグマはぴくりともしなかった。

もっと近づいた。オスグマの前足はへんなふうにねじれている。からだは地面と同じつめたさだ。

わあっ。

子グマはかけだした。いそいでねどこにもどると、にいちゃんのクマにしがみついた。

「こわいよう」

にいちゃんはうるさそうに子グマをふりはらった。

「なんだよ」

「死んだクマを見たの。動かなくて、つめたくて、足がねじれてたよ」

見たことのあるオスグマだったと話すと、にいちゃんはうなずいた。

「なにがこわいんだよ。あのオスグマはすごく長生きだったんだ。それにだれでも死ぬんだぜ」

子グマはドン、と銃でうたれた気がした。

「ぼくも死ぬの」

声がふるえてしまった。

「あたりまえだろ。みんな死ぬ。おれも、おまえも」

にいちゃんはあきれたように子グマを見た。

「まさか知らなかったのか」

「知ってたけど」

子グマはたしかに知っていた。だれでも死ぬ。ぼくだっていつかは死ぬ。

でも死んだら、あんなふうになってしまうのか。

「でも、ぼく死にたくない」

にいちゃんは、またあたりまえのようにうなずいた。

「そりゃそうだ。だれでも死にたくない。だから生きているんだ」

次の朝になっても、子グマは、死んだオスグマのことがわすれられなかった。

そのうち、ぼくも、ああなってしまうんだ。そう思うと、なにをする気持ちにもなれなかった。どうせ死ぬのに、なんで生まれてきたんだ。

だんだん、腹がたってくる。

こんなことなら、クマなんかじゃなくて、死なないものに生まれたかったよ。

にいちゃんはみんな死ぬってえらそうに言ったけど、森はひろいんだもの、死なないものだって、一つくらいあるにきまってる。

子グマはぶつくさ言いながら、森を歩きだした。

とちゅうで、黄色い小さな花がいっぱい、さいていた。

思いついた。

花は死なないんじゃないか？　さむくなるとかれるけど、春になるとまたさいている。

でも、昨年の花と、今年の花は、同じ花なのかな。ぼくが冬ごもりをして、春におきるのと同じかな。それとも、ふるい花が死んで、あたらしい花が生まれたのかな。

考えながら歩いていると、子グマは木にぶつかりそうになった。

はっと見あげる。

木はどうだろう？　つんと、てっぺんのとがったこの木。冬でもかれないし、いつだって葉をしげらせている。

ああでも、だめだ。たおれて、かれた木を見たことがある。木はクマより長生きだけど、けっきょくは死ぬんだ。

そこまで考えて、子グマはため息をついた。考えつづけるのって、頭がつかれる。

とにかく、かれたり、たおれたりせず、かたちをかえずに、ずっと生きているものをさがすんだ。

どんどん歩いて、森のはずれまでやってきた。そこは、がけになっていて、その下はまた森だ。つんつんした木や、もこもこした木のてっぺんが、見わたすかぎりひろがっている。

こんなにひろい森だもの、死なないものだって絶対あるはずだ。子グマはひとり、うなずいた。

がけの上の草っぱらに、大きな石があるのに気がついた。

子グマとちょうど同じくらいの大きさで、灰色の石だ。

頭の中で、ぴかんとひかった。

これだ！　石はかれないし、たおれない。

子グマはうれしくて、でんぐりがえりをした。それからうらやましそうに石を見つめた。

いいなあ。ぼくも石に生まれたかったな。今からでもがんばったら、石になれるかな。

「石さん。ぼくは見てのとおりクマなんだけどさ、きみみたいな石になりたいんだ。どうやったら石になれるか、おしえてくれないかな」

石は返事をしなかった。

もしかしたら聞こえなかったのかもしれないと、子グマは思った。

どこが耳だろう。見ると、両はじにちょっとくぼんでいるところがある。

子グマは、石の左の耳に口を近づけた。

「どうやったら石になれるか、おしえてくれないかな」

子グマはもういちど耳をすまして、返事をまった。

少しまち、しばらくまち、とてもまった。まちくたびれたけれど、子グマにしてはしんぼうづよく、もういちど言った。

「おしえてよ。ぼく、石になりたいんだ」

ちょっとまち、かなりまち、すごくまった。やっぱりだめなのかな。あきらめかけたとき、かすかに聞こえた。

「……おしえてやるのだ」

ひくくて、ざらりとした声だ。

「ほんと？　どうすればいいの？」

「……そこにひっくりかえればいいのだ」

子グマは石のとなりに、あおむけになってねころがった。

「こんな感じ？」

「……そのまま、じっとしているのだ」

石の声はぼそぼそしていて、怒っているように聞こえる。

でも、子グマは気にならなかった。ぼくは石になるんだ。そうすれば死ななくてすむんだ。そう思うと、うれしくてたまらない。

石に言われたとおり、子グマはあおむけになり、じっとねっころがった。

それきり、石はなにもしゃべらない。

子グマもまねをして、しゃべらずだまっていた。

空にはうすい雲が、たなびいている。

じっと見つめていると、ゆっくりゆっくり雲が動いていることがわかる。

こんなにゆったりとした気持ちになったのは、はじめてだ。やっぱり石になるっていいなあ。

思わず子グマはふんふん、鼻歌を歌いはじめた。

とたん石の声がした。

「石は、歌わないのだ」

「あ、ごめん」

子グマはあわてて歌うのをやめた。

少したつと、右足がかゆくなった。どうやら虫にさされたらしい。かゆくて、右足を左足でかいた。

すぐに石の声がした。

「石は、動かないのだ」

「でも虫にさされてかゆいんだよ」

「石は、かゆくないのだ」

がまんしよう。ああ、でも、かゆい。

かゆくてたまらないのにじっとしているのは、思ったよりもつらいことだった。

かゆいことをいっしょうけんめい、わすれようとして、子グマは雲をにらみつけた。

どれだけたったたか、ようやくかゆみがうすらいできた。

子グマはやっと息をついた。

かゆいのをがまんできたから、ちょっとは石に近づけたはずだ。

でもこんどは、おなかがすいてきた。

そういえば、にいちゃんは今ごろなにをしているだろう。ぼくが朝おきて、ねどこを出たきりもどらないから、心配しているかな。

それとも、川で魚をつかまえて食べているかもしれない。ぼくのぶんもつかまえてくれたかな。魚のぷりっとした身や、きらきらひかるうろこを思い出すと、子グマのおなかは、くうっとなった。

また石が言った。

「石は、腹をならさないのだ」

「それはむりだよ。おなかは、勝手になっちゃうんだもん」

「石は、おなかがすかないのだ」

「そりゃそうだけど」

子グマは、ちょっとむっとした。

ぼくはまだ子グマだ。だから、おなかがへるんだ。

だけど、ここであきらめたら石になれない。がんばろうと、自分に言いきかせた。

しばらくすると、おなかがすきすぎて、いたくなってきた。それでもがまんしていると、平気になった。

でもこんどは、ねむくなった。ねむっちゃだめだと思う前に、子グマは目をつぶり、小さな寝息をたてはじめた。

ぴしゃりと、石の声がした。

「石は、ねないのだ」

あわてて子グマはおきた。

ああでも、ねむい。どうしたらいいんだろう。

おでこに力を入れて、ひっしで目をあけていたら、なんだか気持ちがわるい。うぇっ。めまいがして地面が回っているような、へんな感じがする。

そのうえ、じっとしているせいか、背中と腰もいたくなってきた。

このいたさは、どうしてもがまんできなかった。

「からだがいたいよ」

「石は、いたくないのだ」

子グマは涙をためて、がまんした。

もう夕方だ。空のはしがオレンジ色に変わっている。

「きれいだなぁ」

子グマは涙をがまんしたまま、つぶやいた。

すぐに石が言った。

「石は、つぶやかないのだ」

「でもきれいだなって、思うくらいはいいでしょ？」

「石は、きれいだと思わないのだ」

空が暗くなり、星がひかりはじめた。

子グマは、ぼんやりとしてきた。

星を見てもきれいだと、思わなかった。つかれてどうでもよくなってきたのだ。ぼくはこのまま、本当に石になるのかもしれない。

そのとき、声がした。

「おーい、どこだー」

にいちゃんの声だ。子グマは、はっとした。

石が、子グマの気持ちがわかったように言った。

「石は、だれにも会いたくないのだ」

にいちゃんの声がどんどん近づいてくる。すぐそばまでやってきたらしい。なつかしいにおいがする。

「どこにいるんだ」

子グマは返事ができなかった。からだがかたまったようになり、声も出せなかった。涙だけが、ぽろぽろながれる。

「石は、泣かないのだ」

でも、とめられなかった。そのうち、のどの奥がひくひく、いいだした。

にいちゃんはその音を聞きつけた。目をぱっちりあけ、あおむけになってねている子グマの顔をのぞいた。

「こんなところで、なにしてるんだ？」

そのとたん、子グマはとびおきた。

「ぼく、足をかきたくて、歌いたくて、おなかがすいて、ねむくて、にいちゃんに会いたかったんだ！」

泣きじゃくりながら言うと、にいちゃんが笑いだした。

「そんなこと、ぜんぶできるよ。おまえは足をかいて、歌って、食べて、ねて、おれに会える」

子グマも泣きながら笑った。

「さあ、帰ろうぜ」

行きかけたが、子グマはちょっとまって、と石のそばにもどった。にいちゃんグマに聞こえないよう、小さな声で言った。

「石になるのはやめとくよ」

石はだまっている。

「にいちゃんがむかえにきたからじゃないよ。いや、ほんとは、それもあるけど」

子グマはいっしょうけんめい、考えながら言った。

「死ぬのは今でもこわいけど、死んでるみたいに生きるんだったら、意味がないと思ったんだ」

石はまだ、だまっている。

「さよなら」

石はもう二度と口をきかなかった。

やがてクマのおしりが二つならんで、森の中へ消えていった。